VILNA TANGO

DU MÊME AUTEUR

Brooklyn : sketches, Maelström / City Lights, 2005
Jubilate ! Poèmes pour soprano, Éditions de la Différence, 2010
Prises d'élan, Obsidiane, 2011
Le Rire des belettes, Naïve, 2012
San Michele, Seuil, 2014 ; Points, 2021
Gloria Mundi. Entretiens avec Barthélémy Toguo, Buchet-Chastel, 2016
Barroco bordello, Seuil, 2020 ; Points, 2023
La Balade de Galway, Arléa, 2021
Long Island, Baby, Stock, 2022
J'ose m'exprimer ainsi, Rivages, 2024

Thierry Clermont

VILNA TANGO

Stock

Photographies pages 96 et 134 :
« The Wise Man » et « The Meeting Point »
(série « Walls That Remember », 2019)

ISBN 978-2-234-09690-5

Pour Lizotchka

« L'étrangeté de la région d'où je viens. »

Czesław Miłosz

« L'espace et le temps, rien qu'une alluvion
Qui enrobe nos corps, comme une sphère. »

Tomas Venclova

« Des temps futurs, pour nous,
ce rêve ouvre un secret :
Il nous faudra toujours le fer et la forêt. »

Adam Mickiewicz

« Se peut-il que le même homme
en même temps
se réveille
à Vilnius
à Varsovie
à Paris ? »

Marcelijus Martinaitis

« Pour ma tante Hava, Wilno elle-même était un anneau d'or perdu dans l'Univers. »

Grigory Kanovich

LE SOLSTICE D'ÉTÉ

Tôt ce matin, l'avenue Gediminas, à peine rafraîchie par le vent. Assis à la terrasse d'un des cafés qui bordent la grande artère traversant les quartiers historiques de Vilnius, depuis la cathédrale dominée au sommet de sa façade de style palladien par trois saints : Casimir, Stanislas et Hélène. Casimir, patron vénéré de la Lituanie, Stanislas pour la Pologne, Hélène, au centre, pour la Russie.

C'est un beau ciel de juin, à la veille du solstice. Le défilé des voitures, trois ou quatre cyclistes, une patrouille militaire, des gens qui se rendent au bureau, sans presser le pas, à l'ombre des tilleuls. À une dizaine de mètres, une vieille dame assise sur un pliant, vêtue comme une babouchka, vend des bouquets de fleurs à même le trottoir et de petites fraises sauvages débordant de gobelets en plastique. Ici, rien de futile ou de compliqué ;

la ville m'accueille à bras ouverts. Et ce sera cocagne !

Le sourire de la charmante serveuse, au regard clair, aux cils écarquillés, prénommée Evelina, comme l'indique son badge, elle me propose une part de cheese-cake. Je suis là pour le repos, pour la découverte, après avoir parcouru l'Estonie quatre ans plus tôt, jusqu'à Narva, puis Riga. Suis-je enchanté, désenchanté ? L'enchantement excède toujours l'envie et l'attente, et c'est encore plus vrai le temps d'un séjour. Le désenchantement naît d'une déception assumée, d'un plaisir renié ou refusé. Voilà sans doute une des leçons du voyage en terres inconnues : se retenir d'espérer et se contenter de regarder, d'écouter, de sentir. D'être réceptif et dépossédé. Par simple curiosité, s'ouvrir aux surprises, bonnes ou mauvaises, à l'imprévu. Fortunes et infortunes. Le hasard éphémère restant le meilleur guide ou conseiller. N'attendant rien, je me fierai donc au présent. Le présent fugitif, le seuil qui vaille. Celui du temps dilaté.

Au diable donc l'imaginaire, mon passé et ses miroirs. Le cheese-cake, froid et sucré à souhait, était exquis. Evelina a fredonné un air. C'est ce que j'attendais d'elle.

Ici, ni réminiscences ni parasitage de la mémoire. Voilà ce dont j'avais besoin.

On dit que le voyageur est multiple, qu'il est composé de plusieurs personnages dont lui-même et ce qu'il fut, accompagné de souvenirs et de craintes. Allons-y en roue libre. Enfin. Pour la découverte et, plus encore, pour regarder la vie d'une façon différente.

Juste avant mon départ, mon meilleur ami depuis l'adolescence, c'est dire, m'avait posé la question suivante : « Quelle idée ! Qu'est-ce que tu vas faire là-bas ? » J'avais répondu sans hésiter : « Chercher des choses nouvelles, inconnues, et en oublier d'autres... Me sentir étranger, déphasé. Baigner dans une langue incompréhensible. » L'ami avait renchéri : « Soit. Mais pourquoi donc la Lituanie ? Et pas, que sais-je, Terre-Neuve, Java ou l'Islande ? » J'ai balbutié : « Peut-être tout simplement me rapprocher du cœur de l'Europe... Du cœur battant de son histoire. » En fait, et je n'ai pas osé le lui dire : je cherchais un lieu vierge à mon expérience et qui serait également un état d'esprit. Ce que j'avais lu à propos de la Lituanie m'avait donc guidé. Ajoutons les allusions, les ouï-dire, les attentes, les élucubrations et les songeries. Et puis on m'avait affirmé que

Vilnius avait le plus beau des ciels d'Europe de l'Est. J'étais convaincu.

Ainsi, paisiblement installé à mon guéridon, je regardais le temps qui passe et s'écoule, dans toute sa minceur, sa fugacité. Sans tomber dans la rêvasserie ou les divagations, ce qui n'est pas facile pour moi. Le temps et sa riche palette. Autre motif de départ : oui, je cherche toujours des hasards et des présages.

Je reprends les notes prises dans mon guide des pays baltes où j'ai retrouvé des papiers griffonnés et une photo de Svetlana à Riga, lors de notre premier séjour, il y a cinq ou six ans. En résumé : trois États indépendants depuis le début des années 1990, ex-républiques soviétiques, avec au nord l'Estonie, au centre la Lettonie, et au sud la Lituanie, bordée par la Russie, la Biélorussie et la Pologne. La superficie totale de ces trois pays membres de l'Union européenne, aux langues bien distinctes : 175 000 kilomètres carrés, dont 65 000 pour ce qui concerne la Lituanie, avec une population globale évaluée à un peu plus de 6 millions d'habitants (dont environ 15 % de russophones), la Lituanie étant le plus peuplé avec près de 3 millions de citoyens. Si le protestantisme est majoritaire en Estonie, c'est le catholicisme qui prévaut en Lituanie.

Je referme le livre sur une autre photo, celle de l'impressionnante colline des Croix, située au nord de la Lituanie, près de Šiauliai. Depuis la fin du preux Moyen Âge, selon la légende, et plus probablement depuis le XIXe siècle, les catholiques lituaniens y ont érigé ou déposé des dizaines de milliers de croix de toutes tailles, ainsi que des représentations du Christ, des statues de la Vierge. Une véritable forêt hérissée, un étrange calvaire croisillé devenu lieu de pèlerinage, et qui aurait pu servir de décor à un film de Tarkovski.

Kavinė, stotis, didelis... J'aime cette langue lituanienne, ni chantante ni âpre, simplement agréable à l'oreille, chuintante, presque musicale. Reconnaissons-le, elle est plus belle à entendre qu'à lire, avec des voyelles finales qui souvent ne sont pas prononcées – ce sont des lettres inutiles. Baigner dans un idiome totalement inconnu est un plaisir étrange, puisque nous voilà sans repère ni indices ; aucune ou de rares origines slaves, latines ou germaniques. On peut ainsi jouir de la perdition sonore, ou bien s'en inquiéter ; ce n'est pas mon cas. Je lis ou plutôt déchiffre les inscriptions, les panneaux, les noms de rue, les affiches, les publicités : les cédilles et les accents abondent, tout comme les terminaisons en *-as*, en *-lus* ou *-kus*, en *-dis*. Le lituanien est une langue *bousculée*, à la grammaire modulée par les déclinaisons et les modes, qui touchent également les noms propres. Certaines plaques commémoratives sont traduites en ukrainien ou en polonais ; en russe, rarement. Les héros nationaux d'hier, les ducs et les princes, les officiers martyrs, les chevaliers médiévaux, les partisans de la liberté peuplent les rues, les squares, les places, les façades des immeubles de briques, ou celles peintes en vert amande, en rose fané, en bleu azur. Où flottent de nombreux drapeaux ukrainiens.

Ces mots me seront vite familiers : *tualetas*, *katedra*, *parkas*, *gatvė* (« rue »), *kaviné* (« café » ou « bar »), *miesto* (« ville »), *stotis* (« gare »), *vanduo* (« eau »), *didelis* (« grand »). Merci, qui se dit « atchou », avec l'accent tonique sur le *a* : *ačiū*. Et bonjour : *laba diena*.

Suprême coquetterie typographique, ces voyelles ornées d'une sorte de cédille suspendue en bas à droite de la lettre, comme une bouclette, et répondant au joli nom d'*ogonek*, que l'on trouve également en polonais. Et si nous mettons un point sur les *i*, le lituanien en orne également la voyelle *e*. On l'appelle alors le « point en chef ».

Juin se dit *birželis*, c'est-à-dire le mois du « bouleau ». *Liepa* : juillet est celui du « tilleul », qui foisonne ici, tout comme le chêne et le pin sylvestre. J'ai appris que le tiers environ de la Lituanie est recouvert de bois et de forêts, et baigné par des lacs naturels et sinueux, des marais, et quelques lagunes, toutefois moins abondantes qu'en Estonie.

Les soubresauts et les convulsions sanglantes de l'Histoire sont également passés par l'avenue Gediminas, ainsi rebaptisée par les Lituaniens, libérés du joug soviétique, au moment de leur retour à l'indépendance, après s'être appelée successivement avenue Saint-Georges, rue Adam Mickiewicz, en hommage au poète romantique polonais, puis Adolf Hitler durant l'occupation allemande, et enfin Leninski Prospekt à l'époque de l'URSS. Gediminas, dont la statue équestre de bronze élevée sur un piédestal côtoie la cathédrale, face au beffroi blanc coiffé de noir, qui tient plus du phare maritime que du clocher catholique. Gediminas, le héros du Moyen Âge toujours représenté armé et casqué, qui avait affronté les chevaliers Teutoniques et les Polonais, tout en étendant le grand-duché de Lituanie jusqu'à la Podlachie, jusqu'à Kiev et Minsk. Sa fille avait épousé le roi de Pologne, Casimir le Grand.

J'avais entendu parler du café Neringa, lieu de rencontre des intellectuels et des écrivains soviétiques, sur cette avenue Gediminas, non loin de l'ancien siège du KGB. Le poète Tomas Venclova était un client fidèle. Son ami Joseph Brodsky l'y rejoignait lors de ses séjours en Lituanie, avant son exil américain, au début des années 1970. On y parlait pendant des heures et des heures en buvant du cognac arménien. Aujourd'hui, c'est un établissement chic, à l'âme perdue, doublé d'un hôtel de luxe pour clientèle fortunée et internationale.

Face à l'entrée du grand jardin arboré des Bernardins, connu pour sa fontaine chantante, se dresse l'hôtel Vilnia. C'est là que je suis descendu la veille au soir. Aux murs de la chambre, donnant sur un bout de ciel à travers le velux condamné, des photos en noir et blanc ou aux couleurs froides d'Antanas Sutkus, celui qui immortalisa Sartre et Beauvoir lors de leur voyage lituanien au milieu des années 1960, notamment sur les dunes de Nida. Le mobilier est minimaliste, voire dépouillé, d'inspiration scandinave, jusqu'à l'armoire-penderie. Rien de rustique ou de chaleureux.

Les cris ricaneurs d'un imposant choucas perché sur la corniche du dernier étage m'ont réveillé dès l'aube, apparue à 5 heures à peine. Cotonneux, mais prêt à affronter cette première journée, et d'en jouir, je me suis fait un café instantané, puis un autre, ai allumé le téléviseur, consulté le plan de Vilnius récupéré à la réception, feuilleté deux ou trois livres, ceux de l'ancien dissident Tomas Venclova, traducteur et ami d'Anna Akhmatova, proche du lauréat polonais du prix Nobel Czesław Miłosz, né au centre de la Lituanie, avant de sortir pour prendre l'air, espérant une hypothétique brise, qui aurait été la bienvenue.

Un choucas des tours, des trolleybus rouges, un relent de betterave cuite, des mots que je ne comprends pas, la mémoire capiteuse de la guerre : nous sommes bien en Europe orientale. Là où les villes ont des noms de fleuves ou de rivières.

À 11 heures du matin, Jaroslav m'attendait comme convenu au pied de l'hôtel, fréquenté surtout par des Polonais venus en voisins et des touristes américains. Le romancier visionnaire de *Macha ou le IVe Reich* et du récit policier *L'Oiseau qui buvait du lait* m'avait séduit par ses audaces littéraires et son imagination débordante, son obsession de la violence. Né en Galicie, dans l'ouest de l'Ukraine, fils de deux anciens déportés politiques dans les goulags de

Sibérie, où ils ont passé deux ans, Jaroslav, qui se dit donc « enfant de Staline », est un grand escogriffe légèrement voûté, souffrant de myopie, le visage mangé par une courte barbe poivre et sel et des réminiscences d'acné, barrées par une longue mèche rebelle. Le français, il l'a appris sur le tas auprès de Danguolė, son épouse lituanienne, directrice du département de linguistique romane à l'université de Vilnius. Ils s'étaient connus à la fin des années 1980, à Moscou, où tous les deux étudiaient la littérature au prestigieux Institut littéraire Maxime Gorki. Quelques mois plus tard, le mur de Berlin s'écroulait.

Il y a une semaine, Jaroslav Melnik s'était à nouveau rendu en Ukraine, pour rendre visite à son père, âgé de quatre-vingt-treize ans, qui refuse de quitter son pays en guerre. Il a insisté : « La Lituanie est un des pays qui accueillent le plus de réfugiés, par rapport à sa population, avec ici environ quatre-vingt mille exilés, pour la plupart des femmes et des enfants. Culturellement et historiquement, la Lituanie est, après la Pologne, le pays le plus proche de l'Ukraine. Et les Polonais ont toujours cette nostalgie quasi sentimentale d'un vaste empire perdu. Aujourd'hui encore, ils parlent de "notre

Vilnius", qui fut polonaise entre les années 1920 et le début de la Seconde Guerre mondiale : "*Nasze Wilno*", comme ils disent, avec aux lèvres un regret plein de mélancolie, mêlé d'admiration. »

Wilna, puis Vilnius pour les Allemands, Vilna et ensuite Vilnious pour les Russes, Vilna en letton, Vilnè en yiddish. La ville cosmopolite jadis surnommée la « Jérusalem de Lituanie » ou la « Jérusalem du Nord », comme Salonique fut celle des Balkans. Et qu'elles ne sont plus depuis la Shoah.

Après un café pris en terrasse et échange de nos propres ouvrages dédicacés, nous avons cheminé en empruntant la rue piétonne Pilies, en direction du sud et du quartier universitaire, au bout de laquelle se dresse la fameuse chapelle de la porte de l'Aurore, lieu de pèlerinage catholique, vénéré pour son icône miraculeuse de la Vierge, peinte au XVIe siècle.

Le charme de Vilnius n'est ni immédiat ni spectaculaire, malgré ses faux airs de Bratislava, ses réminiscences de Tallinn la protestante, ou des villes historiques du nord de l'Italie. Son charme est tapi dans ses mystères et ses oublis, ses ruelles sinueuses pleines de mémoire, ses nombreux passages et porches, ou ses petites cours intérieures murées de briques sang-de-bœuf, entre ses colonnades trapues de style grec où se joue un discret théâtre d'ombres. Y compris dans son côté baroque, celui qui éclate dans l'église gothique des Bernardins par exemple, qui a toujours une certaine retenue où je vois de la pudeur. Un flamboiement fait de flammèches. Ondoyant.

Certains l'ont surnommée la « Baby Prague », ce qui n'est pas tout à fait vrai. Vilnius est à mille lieues du décor et de l'esprit de la Mitteleuropa.

L'heure du déjeuner approchait ; Jaroslav a proposé un restaurant typique de la rue Pilies, composé de petites salles décorées et aménagées comme les pièces d'une maison traditionnelle, avec papier peint aux murs, portraits de famille en médaillon, mobilier rustique et table en chêne brut. On a poursuivi la conversation en partageant un exquis bortsch froid (« šalti-barščiai ») enrichi de morceaux de patates cuites à l'eau, de kéfir, d'un demi-œuf dur et de touffes d'aneth frais. Il s'agit du plat typique de l'été lituanien, également appelé « soupe rose ». Et c'est aussi le frère jumeau du *chlodnik* polonais.

« Il faut garder en mémoire que Vilnius était depuis les années 1960, celles du “dégel”, et jusqu'aux années 1980, une sorte de havre, de refuge, qui plus est entouré de collines boisées, pour les citoyens soviétiques, notamment pour les intellectuels, les artistes et les écrivains. On y respirait un air moins vicié, on y sentait moins la pesanteur bureaucratique ; et la surveillance systématique était sans doute plus supportable, en tout cas moins oppressante. Il y avait là comme un parfum d'Europe, ou plutôt d'Occident, de liberté, qu'on ne trouvait nulle part ailleurs en URSS. Ce qui explique l'attrait de la ville pour des personnalités comme Joseph Brodsky, qui était venu ici à une dizaine de reprises, depuis Leningrad. »

Tendu, nerveux, emporté, maladroit parfois, voulant dire mille choses à la fois, toutefois à l'écoute, Jaroslav m'a parlé de son nouveau roman, écrit en russe, une dystopie titrée *Pourquoi je ne me lasse pas de vivre*. Il a imaginé une future société totalitaire, où les cerveaux des personnes âgées et affaiblies peuvent être greffés sur de jeunes citoyens sains, dont tous les organes sont connectés, leur garantissant ainsi une éternelle jeunesse, donc l'immortalité. « J'écris en russe, en ukrainien et en lituanien.

Cependant, le russe reste pour moi la langue de la littérature, héritière d'une longue et riche tradition, celle qui permet d'être plus facilement traduit à l'étranger. Et c'est grâce au russe que j'ai rencontré et séduit ma future femme... Mon compatriote Gogol écrivait en russe, je le rappelle. Et mon ami Andreï Kourkov aussi, qui a préfacé *Espace lointain*, mon roman d'anticipation. Ce qui se passe en Ukraine n'y changera rien. A-t-on reproché aux Praguois Rilke et Kafka d'avoir écrit en allemand au moment de la Grande Guerre ? Idem pour le Galicien Joseph Roth, citoyen autrichien ? Non. » J'ai acquiescé en pensant aux mots ou expressions russes que m'avait appris Svetlana, la femme qui m'a fait rater l'amour, il y a plusieurs années de cela. Et que j'avais failli suivre en Russie, avec la vague idée d'y refaire ma vie. « *Niet problem* », ai-je failli ajouter. Mais la langue de Pouchkine est désormais mal vue ici. À éviter, donc.

Après une pause, Jaroslav a commandé deux cafés express et une nouvelle carafe d'eau où baignaient des tranches d'orange, des zestes de citron et des feuilles de menthe. De la confiance, on était passé à la sympathie réciproque, en moins de deux heures.

A suivi une longue promenade commentée dans la ville, où l'on a croisé de nombreuses jeunes filles et des jeunes hommes habillés élégamment, un bouquet de fleurs colorées à la main, se rendant à leur cérémonie de remise des diplômes universitaires. On a commencé par le lieu du premier crime rituel commis dans *L'Oiseau qui buvait du lait*, à savoir le mont des Trois Croix, qui surplombe d'une bonne centaine de mètres la capitale.

À grandes enjambées, sous un ciel éclatant et cotonné de blanc, on a dépassé la cathédrale, traversé la cour du palais des Grands-Ducs de Lituanie, longé un méandre de la Néris au niveau du Musée national, laissé sur notre droite la verte « colline de Gediminas », en forme de mamelon conique, où se dresse la tour de briques octogonale du même nom, pavoisée du drapeau lituanien, dernier vestige du château médiéval et symbole de la ville. Il nous a fallu vingt bonnes minutes pour gravir les centaines de marches menant au sommet des Trois Croix, après deux ou trois arrêts indispensables pour reprendre notre souffle, entre les branches de noisetiers et sous les ramures de chênes centenaires, croisant de rares promeneurs. Le cœur est à l'épreuve, et les mollets.

Ce sont trois grandes croix blanches d'une douzaine de mètres de haut, serrées, plantées dans un bloc de béton brut. Depuis le belvédère se déploie vers le sud le superbe panorama de la vieille ville hérissée de clochers, de coupoles byzantines, de bulbes russes et de beffrois, verdie par les parcs et les jardins d'agrément, percée de vastes places d'où courent des rues sinueuses et, fermant l'horizon, des coteaux plantés de forêts. À l'ouest, m'indique du doigt Jaroslav, c'est la colline de Tauras, surnommée « colline du diable ». Mon regard pivote, et apparaît au loin la haute tour de la radio-télévision.

Imposant et solennel, le monument des Trois Croix rend hommage à une quinzaine de moines franciscains assassinés au XVIIe siècle par des fanatiques païens, après que fut incendié leur monastère. Détruit depuis à plusieurs reprises, puis reconstruit, dynamité sous l'ère de Staline, il a ensuite repris sa forme initiale. À l'origine, il s'agissait de simples croix de bois. Du temps du grand-duché de Lituanie.

Là, Jaroslav m'a fait découvrir, dans une clairière, un lieu de culte animiste composé d'un vaste cercle fait de grosses pierres disparates, séparées d'une dizaine de centimètres, à la manière d'un cromlech celtique, avec en son centre un monolithe en forme d'autel avec sa petite lanterne en fer brun ajouré où brûlait une flamme. Était-ce un ancien sanctuaire ? Un lieu sacré réanimé ? Un site rituel ? Et installé depuis quand ? Jaroslav n'avait pas de réponses. Un peu plus loin, accrochée à un pieu de bois, une pancarte énumérant la liste des divinités : Perkūnas le maître de la foudre et du tonnerre, son rival le prophète borgne Vėlinas, Laukosargas le gardien des champs, Žemėpatis protecteur des fermes et des troupeaux aux côtés de sa sœur Žemyna la mère nourricière, véritable Déméter lituanienne, et la déesse de l'amour Milda… À ce panthéon insolite, j'ajouterai Ragutis le dieu de la bière, de l'hydromel et saint patron de l'ivresse, dont l'un des autels (une roche arrondie percée d'un trou, semblable à la margelle d'un puits) se trouve au cœur de la vieille ville, exposé à la pointe méridionale de la rue Pilies, à deux pas de l'église orthodoxe Sainte-Paraskeva, la plus ancienne de Lituanie.

Cette survivance tenace – artificielle ou non – des rites païens se retrouve dans la musique de groupes nouvellement formés, où l'on retrouve aussi bien du rock agressif, du folk paganiste, que du « pagan metal », joué par des barbus grimés, hurlé par des voix d'outre-tombe. La plupart d'entre eux sont rattachés au mouvement de renouveau des traditions ancestrales, des cérémonies séculaires et des fêtes traditionnelles, le Romuva. C'est aussi le nom adopté par une association néopaïenne qui à plusieurs reprises a demandé sa reconnaissance par l'État, sans succès, portant même sa revendication patrimoniale auprès de la Cour européenne des droits de l'homme.

À mon retour en France, par curiosité, j'ai écouté des extraits de chansons de ces groupes. C'est caverneux, gothique, folklorique aussi, parfois martial. L'esthétique est noire, ténébreuse. Rien de plus. Pas de quoi fouetter un chat.

Et c'est à souligner : la Lituanie est le dernier pays européen à avoir été christianisé, officiellement, à la fin du XIVe siècle, au moment où l'Europe occidentale vivait les premières heures de la Renaissance.

Jaroslav me contait et commentait tout cela sur un ton mi-sérieux, mi-amusé, et mêlé de gêne ou de respect ; il était embarrassé. Pour ma part, je me sentais mal à l'aise, nauséeux, fatigué par une nuit trop courte, ne désirant qu'une chose : quitter ce lieu malsain ou plutôt maléfique. Or, je n'étais pas au bout de mes peines ni de mes surprises.

En redescendant, après une brève séance de photos, nous sommes tombés sur une bien curieuse chose, gisant à terre : des morceaux de paille tressés ou fagotés et des bottes d'herbes assemblées, figurant le corps d'un homme allongé, en taille réelle, la tête, sans yeux ni bouche, à moitié détachée, la main droite tient une espèce de crosse de hockey ou de gaule, et les jambes sont reliées au tronc d'un arbre par une corde tendue sur deux ou trois mètres. Sur la poitrine de ce mannequin troublant, diverses amulettes ont été déposées. S'agit-il d'un simulacre de sacrifice ? Les gens d'ici pratiquent-ils donc toujours la sorcellerie et lancent-ils de puissants sortilèges ? Je n'ai pas osé prendre en photo cet épouvantail maléfique, maudit.

Une nouvelle fois, l'étrange, le surnaturel m'avait tendu la main, comme il l'avait fait il y a deux mois en Bretagne, sur l'îlot désert et hostile d'Aganton, au large de l'Île-Grande, accessible uniquement à marée basse. Là, j'avais découvert, entre deux croix blanches mystérieuses se faisant face à une vingtaine de mètres de distance, le cadavre d'un goéland à la tête et aux ailes arrachées, tachées de sang. Avait-il été abattu par la tempête ? Victime d'un rapace, ou encore moins probable, d'un renard ? Relique d'un sacrifice rituel ? J'avais senti un long frisson me parcourir, d'horreur et de peur, comme dans les cauchemars de l'enfance. Le silence sur l'île semblait s'être approfondi, comme si quelqu'un creusait le temps. Là, sous mes yeux. J'avais regardé ma boussole ; l'aiguille marquait le sud…

Le cadavre du goéland ne dégageait aucune odeur, comme s'il était là depuis des jours et des jours. J'avais couru jusqu'aux rochers pour rejoindre non sans mal l'étendue de sable vaseux et la côte.

Pour ce qui est des démons, j'avais déjà bien donné. Et des sortilèges, depuis mon premier voyage à Cuba, il y a bientôt trente ans. Depuis, le surnaturel m'emmerde. J'ai tourné la page.

Où est mon au-delà, et à quoi ressemblerait-il ? Cette double question, je ne me l'étais jamais posée. Il a suffi que je vienne en Lituanie pour qu'elle s'impose. Cette interrogation, je la laisserai toutefois à la frontière. Elle est très bien où elle est, là où elle est née, avec ses vibrations. Nous croyons plus que nous ne savons. Et ce depuis toujours.

J'étais fourbu, et Jaroslav avait des affaires à régler avant la fin de la journée. Nous nous sommes quittés une heure plus tard, ravis tous les deux de cette première rencontre, après être passés devant l'église Sainte-Paraskeva et l'Institut français, où une plaque apposée sur la façade vert pistache indique que l'officier d'intendance Stendhal a séjourné dans le bâtiment, pour une brève étape, juste avant la retraite de Russie, puis il avait fait halte à Kaunas et enfin en Prusse orientale, à Königsberg, aujourd'hui territoire russe de Kaliningrad, où il s'était rendu à l'Opéra. Exposés en vitrine de la librairie française : des albums photo, une version en yiddish de Varsovie du *Petit Prince* (*Da Klayna Prints*) et des livres universitaires écrits par l'épouse de Jaroslav, dont son imposant dictionnaire lituanien-français ; l'ouvrage de référence depuis sa publication en 2020.

Entre nous ne fut plus jamais évoquée la rencontre fortuite avec l'épouvantail envoûté. J'étais donc en droit de croire que Jaroslav me cachait encore des choses certainement inavouables et qu'il ne connaît que trop bien. Après tout, les forces du mal sont au centre de son œuvre.

Et ce témoignage d'un paganisme persistant ajoutait une pièce au manteau d'Arlequin de Vilnius, composé de judaïsme, de catholicisme et d'orthodoxie, d'uniates, de Lituaniens, de Polonais, d'Ukrainiens, de Galiciens, de Biélorusses, de Ruthènes, de Tatars et de Tziganes. Carrefour religieux, politique, et capitale, la seule des pays baltes à ne pas avoir été placée sur les bords de la Baltique, échappant ainsi à l'influence teutonne. Vilnius tourne le dos à la mer ; sa raison d'être depuis sa fondation il y a précisément sept cents ans est le jeu des frontières extérieures, et les tremblements historiques de la géographie.

Ici, on aime à dire que la Lituanie est un petit pays, mais que la terre y est humaine, c'est-à-dire à la mesure de l'homme.

Rien de tel pour découvrir une ville que de fréquenter les petits bistrots, les quais et les parcs publics, goûter l'ombre des églises, prendre le bus ou un train régional, flâner dans les contre-allées des marchés à ciel ouvert. Observer, écouter, renifler, chiner, toucher. Surprendre. Fabriquer des souvenirs, des dates, anticiper des images.

Une nouvelle fois, j'ai remonté l'avenue Gediminas avant d'obliquer sur la droite en direction du fleuve aux eaux grises et dormantes, en doublant l'Opéra national, qui affiche *La Création*, le bel oratorio de Haydn. Le pont franchi, avec un coup d'œil sur les berges peu accueillantes, apparaît la ville moderne, où se dressent gratte-ciel de verre, grands bâtiments en béton, entre l'église jésuite de l'archange Saint-Raphaël et, en amont de la Néris, un édifice néogothique aux allures de castel, le palais Raduszkiewicz, flanqué d'une haute tour de style médiéval, ombragé de grands arbres.

On poursuit son chemin : passagers de tous âges attendant le bus, groupe de touristes polonais en balade, Tziganes à la peau burinée vous interpellant en vous tirant par la manche, vieillard voûté sur un banc public, clients sortant du supermarché Iki Express, gamins courant sur la grande artère. Une femme a attiré mon regard, à une vingtaine de mètres. Une blonde aux formes corpulentes moulées dans une longue robe en laine claire, le visage slave et hâlé, la bouche tombante, et tenant une petite fille à la main, un gros sac en cuir à ses pieds. L'air absent, levant de temps en temps les yeux au ciel, sans dire un mot.

Je reprends ma route, toujours en direction du nord. Encore des maisons de bois isolées, sortes d'isbas en bardeaux, mal entretenues, repeintes hâtivement en vert wagon ou en ocre jaune, percées de fenêtres blanches. La foule s'anime, le niveau sonore a monté, les odeurs se mêlent, attisées par la chaleur pesante : me voilà sur le marché populaire de Kalvarijų, inauguré au début du XXᵉ siècle. J'essayais d'imaginer la foule d'alors, les camelots et les bonimenteurs, les relents de hareng fumé et de betterave, les étoffes, les chapeaux, les rubans, les caftans, les pelisses et les fourrures étalées, les charrettes à bras débordant de patates, de choux ou de fruits, la poussière, le souffle des chevaux, la mélodie enjouée d'un violoniste. Leïb Kacew, le père de Romain Gary, natif de Vilnius, y aurait-il revendu des articles en astrakan, des fourrures, des pelisses et des cuirs ?

Toute cette atmosphère d'hier et de naguère, on la retrouve dans *Yossik,* le récit de l'enfance vilnoise de Joseph Bulov, célèbre acteur et animateur du théâtre yiddish, avant son exil à New York. À cette époque-là, la capitale fondée en 1323 par le grand-duc Gediminas comptait plus d'une centaine de synagogues et d'oratoires. Le mouvement ouvrier Bund venait de naître à

Vilnius, et le Betar, l'organisation des jeunes sionistes, allait apparaître quelques années plus tard à trois cents kilomètres plus au nord, dans la capitale lettonne, Riga.

Plus d'un siècle après : le bonheur de l'odeur forte et persistante des grosses fraises, vendues au kilo pour trois fois rien, c'est-à-dire trois ou quatre euros, entre les premières cerises de l'année, les citrouilles orange vif, des radis gros comme le pouce, et de grasses pastèques parfumées, obus verts au cœur rose. Plus loin, des étals de fleuristes, des éventaires de confection, des échoppes de quincaillerie et de ferblanterie. On y parle polonais, lituanien, russe et ukrainien, entre litières pour chiens et chats, lingerie grossière (soutien-gorge aux bonnets énormes, gaines de couleur chair, culottes hors de mode, cache-fesses sans dentelle) comme ces articles que l'on pouvait voir sur les marchés français dans les années 1970 ou dans les dernières bonneteries sombres de province. Quoi d'autre ? Des sacs à main dignes des Deschiens, des blouses à motifs fleuris, des paires de baskets aux couleurs vives, des parkas, des chemisiers à imprimé léopard, des tricots et du linge de maison, des joggings et des survêtements à deux balles qui semblent tirés des stocks d'un magasin

Tati. On poursuit notre déambulation : voilà des batteries de casseroles et des sets de poêles, du matériel pour la pêche à la ligne ou la chasse, de la camelote difficilement identifiable, des brochures polonaises, des disques vinyle soviétiques éparpillés sous des piles de livres débrochés. Un peu à l'écart ont été installées deux grandes tables en bois, proposant des treillis, des casquettes, des bérets, des accessoires de surplus militaire, et des jouets colorés made in China.

Ici, je n'entends pas l'éclat des boniments d'usage (habituels) pour attirer le chaland.

Près du parking, je surprends deux adolescents ukrainiens élevant la voix et prêts à en venir aux mains, excités après avoir bu des canettes de bière achetées dans une guérite en bois peint qui propose aussi du thé et du café.

L'heure du retour sonne. Je croise les mêmes échoppes, les mêmes isbas, plus radieuses sous le soleil que tout à l'heure. La vieille dame qui attendait l'autobus est toujours là, endormie sur un banc, un petit chien blanc sur ses cuisses maigres.

J'hésite à parcourir les berges de pierre pour me rapprocher du centre-ville. Au bout d'une centaine de mètres, le regard sur les eaux lisses, je tourne les talons, me fiant à mon instinct.

Dans le lointain, on distingue le profil d'un grand pont en arche, d'allure moderne. J'ai eu tort, je le saurais plus tard. Le pont Mindaugas débouche sur une grande artère aux abords de laquelle se trouve l'ancien palais des sports, bâti par les communistes au début des années 1970. Une belle illustration de l'architecture brutaliste de l'époque, et qui n'a d'égal que le Linnahall de Tallinn, monstrueuse verrue de béton ancrée en bordure de la mer Baltique, fouettée par les vents, que j'ai découverte il y a quatre ans lors de mon premier séjour en Estonie. Pour ériger ce palais des sports, équipé d'une grande piscine, les architectes ont complètement détruit, rasé puis enfoui ce qui restait du plus ancien cimetière juif de Lituanie, celui de Šnipiškės, inauguré cinq siècles plus tôt.

Et quel effet ça fait de courir, de sauter, de se trémousser et de rire sur l'ombre et la mémoire des morts ? Atteinte à la mémoire des morts, selon l'expression consacrée ? Mais cette mémoire ne peut même plus chanter ; elle a été condamnée au silence éternel.

À nouveau, j'arpente le « Pont vert » pour rejoindre la rive gauche. On m'a appris que là s'élevaient quatre statues soviétiques de bronze rendant gloire au travail, à la paix, à l'éducation, à l'industrie et au bâtiment. Ces monuments allégoriques dans le plus pur style du réalisme socialiste ont attendu 2015 pour être démantelés. Au regret de certains habitants.

La Lituanie a accueilli entre février 2022 et juin 2023 près de 80 000 réfugiés ukrainiens, essentiellement des femmes et des enfants, comme me l'a indiqué Jaroslav. Ce chiffre, on le retrouve sur une grande affiche accrochée aux grilles d'un jardin de la vieille ville, donnant sur l'imposante église franciscaine de l'Assomption, rue Trakų, en lituanien : Vilniaus Švč. M. Marijos Ėmimo į dangų bažnyčia. Ils sont estimés à 1,5 million en Pologne, premier pays d'accueil des 8 millions d'exilés ukrainiens depuis le début de la guerre déclenchée par la Russie.

On ne dira jamais assez la pure et simple poésie qui se dégage de ces lieux d'échanges, de convivialité, de potins et de médisances, dans un bric-à-brac où chacun flâne ou s'affaire. Cette heure passée dans les allées du marché m'a nettoyé l'esprit, purgé de tout souci. Comme une confession sans aveu ni paroles.

Cette rue Trakų, peu fréquentée en cette matinée ensoleillée, je l'ai découverte en me rendant par curiosité dans le quartier où avait grandi Romain Gary, né Roman Kacew en 1914 à Vilnius, alors annexée par l'Empire russe depuis plus d'un siècle. Elle prolonge la rue Jonas Basanavičius (à l'époque nommée rue Wielka Pohulanka), où s'élève une statue de bronze qui campe le jeune Roman s'apprêtant à mordre dans son soulier en caoutchouc pour épater la petite Valentine dont il est tombé amoureux, scène tirée de son roman autobiographique *La Promesse de l'aube*. Roman et sa mère, la comédienne Mina Owczyńska, originaire d'une bourgade de Lituanie proche de la frontière biélorusse, vivaient non loin du futur monument, comme l'indique la plaque rédigée en lituanien et en français, qui lui est dédiée sur la façade écaillée d'un immeuble de six ou sept étages, où l'on découvre, dans la cour intérieure, des tilleuls et des sapins. Le petit Gary, surnommé Romouchka, avait-il fréquenté l'imposante église orthodoxe dite des Romanov, située un peu plus haut ? Officiellement : Saint-Constantin-et-Saint-Michel.

Devrais-je préciser que la légende qu'il s'est créée et les livres de Romain Gary/Émile Ajar ne m'ont jamais passionné ? À part peut-être quelques pages et scènes de l'extravagante

Danse de Gengis Cohn, pour sa vision grotesque, teintée d'humour noir, de l'Holocauste, où l'on suit les facéties du dibbouk d'un déporté assassiné à Auschwitz, revenu pour hanter et tourmenter son bourreau. Avouons-le, je lui ai toujours préféré Joseph Kessel, fils d'un médecin juif de Šiauliai, au nord de la Lituanie, bourgade où est également née Danguolė, l'épouse de Jaroslav Melnik. Voilà.

Curieux le rapport qu'entretient Vilnius avec ses enfants exilés. Il faudra que l'on m'explique. Gary y est honoré par une statue, tout comme depuis l'automne 2022 le poète et chanteur Leonard Cohen, petit-fils de rabbin lituanien, fils d'une citoyenne de Kaunas née en 1905, alors que le plus grand violoniste du XXe siècle, l'ex-enfant prodige, le légendaire Jascha Heifetz, n'a toujours pas eu les honneurs d'un monument officiel. Tout comme George Gershwin, dont la mère Roza était native de Vilnius.

Je repense au mot d'Agata Tuszyńska, lu dans *Le Jongleur,* sa récente enquête intime sur Romain Gary : « Si la ville était un instrument de musique, ce serait un violon, un stradivarius même. »

On les connaît, ces statues de rue en bronze poli, grandeur nature, posées à hauteur d'homme depuis la fin du XXe siècle, de Dublin à Trieste, de Lisbonne à Prague, de Grenade à Copenhague, en passant par Liverpool, La Havane et Los

Angeles ; elles sont avant tout destinées à être prises en photo par le touriste ou l'estivant, pour la plupart, familiers des compagnies aériennes bon marché, équivalent de la troisième classe des chemins de fer d'antan.

Le voyageur que je suis, le « poutnik », comme me le disait en russe Svetlana, n'a aucune raison justifiable pour voyager. Sinon celle d'apprendre à lire un pays ou une ville en poursuivant la perplexité, s'en accommodant et, plus rarement, se laissant surprendre par l'émerveillement, cet instant éphémère où la vie rejoint le lieu. Vilnius ne s'offre ni ne se refuse. Et pourtant.

Je voyage non pas pour m'enrichir, mais pour m'étoffer. Voilà ma profession de foi. Du moins, ça en a l'air.

Ici, j'ai l'impression qu'une nostalgie inquiète se niche dans la pierre, le chœur des églises, les chapitres d'un roman, qu'elle se réfugie dans le mouvement des flots, se tapit sous un ciel d'aube. Mais, que je sache, elle ne s'exprime pas dans l'esprit des gens, dans leurs conversations ou les refrains populaires. Ici, aucune trace visible de mélancolie foncière, qui serait plus ou moins l'équivalent du *dor* des Carpates, de la *toska* russe ou du *smutek* polonais. Malgré tout, je ressens comme un manque. Qui me pèse. Un vide. Mais de quoi ? Et impossible de savoir si cette impression est désagréable ou douce.

Après de longues années de silence volontaire, j'ai écrit à Svetlana, que je n'avais pas oubliée. Comment aurais-je pu ? Elle m'avait naguère parlé de la station balnéaire de Jūrmala en Lettonie, et de Vilnius où son père l'avait emmenée pour les vacances d'été, du temps où il dirigeait l'Union des écrivains et des artistes d'une ville moyenne proche de Leningrad, dans les années 1980. Svetlana avait à cette époque-là une quinzaine d'années ; ses parents l'appelaient Kisa ou Kisotchka. Les photos la montrent posant en robe légère, adossée à un tilleul, le regard timide, un sac pendu à son épaule, un bouquet de tournesols tenu entre les seins.

Jūrmala, je m'y suis rendu en train, à l'été 2022, depuis Riga. Je reviendrai plus tard sur ce séjour. Ou pas.

Alors j'ai dit à Svetlana mon bonheur d'être ici, comme détaché de moi-même, à la découverte de la ville et de ses recoins. Que je pensais à elle de temps à autre, malgré moi. Et c'était vrai. Mon message n'était qu'une suite de cartes postales, d'impressions d'un visiteur profane. J'ai évoqué la rue Pilies, qu'elle aimait arpenter, les jardins et leurs fontaines, les églises orthodoxes, qu'elle ne fréquentait pas, semblables à de vastes cénotaphes où l'on a envie d'entendre les chœurs de *Boris Godounov*, la séculaire présence et influence polonaise, sachant qu'une partie de ses ancêtres du côté de sa mère avaient quitté Cracovie à la fin du XIXe siècle ou au début du XXe pour peupler la Sibérie orientale et y travailler la terre. J'ai énuméré les noms de lieux, ceux des chevaliers et des ducs, les spécialités culinaires.

Pourquoi ne lui ai-je pas parlé de mon effroi, mon épouvante impossible à exprimer en visitant la « Maison verte », surnom donné au petit musée de l'Holocauste, abrité dans un pavillon de bois posé sur un terre-plein en retrait de la rue Pamėnkalnio ? Un lieu peu fréquenté, sombre et poussiéreux, et mal indiqué ; en marge de la ville, en marge de l'histoire. On y découvre des documents, des lettres, des périodiques, des journaux intimes, des portraits de résistants ou de partisans, armes à la main, de déportés et de femmes ayant sauvé des Juifs, des têtes d'officiers nazis, une carte où sont recensés près de deux cents lieux de massacre, un plan précis du ghetto. L'extrait du rapport Jäger, achevé et signé en décembre 1941, du nom du chef de l'Einsatzkommando n° 3, indique que 137 346 personnes ont été exterminées, en grande majorité des Juifs, puis répertoriées, parmi lesquelles 29 461 enfants. Le 9 février 1942, Karl Jäger met à jour les statistiques démoniques de son registre. Le nombre total d'enfants assassinés (âgés de moins de quatorze ans) sous son autorité dépasse les 34 000.

La dame à l'accueil, une quadragénaire au visage bouffi, engourdie par la chaleur étouffante, m'enjoint de monter au premier étage : « Vous ne pouvez pas partir sans avoir vu ça, pour comprendre... » Comme si je n'avais pas déjà compris. Elle me précède et ouvre une lourde porte en chêne, grinçante. Une odeur de cave et de terreur. Cet étroit premier étage est occupé par la reconstitution de la planque, des combles, de la pièce dérobée, d'un recoin de grenier, de la cache, hantée par une famille juive du ghetto (des vêtements, du mobilier, un petit banc de bois, un seau d'aisances en fer-blanc, une paire de brodequins, des livres, deux ou trois bibelots, un broc, une grosse valise en cuir bouilli...). Planques, caches, qu'on appelle ici « malines », ou « farmalineven » en yiddish de Vilnè. Je suis brutalement projeté dans le temps, plus de quatre-vingts ans en arrière. Au lieu de fermer les yeux, je me bouche les oreilles. Peur de réveiller les hurlements, les gémissements, l'épouvante en marche.

J'ai failli crier. Par crainte de devenir une ombre. Une ombre transparente et en pleurs. Une ombre immobile dans les ténèbres. Ma rage est close.

Je reprends mes esprits après avoir bu deux verres d'eau tiède tirés de la bonbonne placée à l'accueil. Puis je repasse devant le monument dédié à ce consul japonais en poste à Kaunas, un Juste parmi les Nations. Durant l'été 1940, avec le soutien des autorités polonaises et celui de son collègue néerlandais, Chiune Sugihara délivra, en bravant les instructions de son ministère, des milliers de visas de transit à des Juifs lituaniens ou venus de Pologne, documents rédigés à la main, pendant des heures et des heures, et avec pour destination Shanghai, alors sous domination du Japon allié de l'Allemagne, ou l'île caribéenne de Curaçao, appartenant au royaume des Pays-Bas.

Pourquoi lui avoir raconté ça ?

Je lui avoue également avoir été pris d'un soudain désir de danser, avant-hier, en pleine rue, sur une placette donnant sur l'avenue Gediminas, face à une imposante statue de bronze à l'effigie d'une romancière rurale, assise les bras croisés et coiffée d'un fichu. Je lui confie avoir bougé mes reins, esquissé quelques pas glissants en pensant à la femme blonde et plantureuse, au regard absent, croisée près du marché la veille. Non pas une valse avec des enlacements et des tournoiements, mais un tango, face à face, un tango très lent et foudroyant. Le temps d'un rêve et d'une illusion, sans retour. Un Wilno tango ou un Vilna tango, avec des élans de parade nuptiale. La guinche des frontières.

Svetlana me répond trois jours plus tard, toujours depuis Gdańsk sur la Baltique, feue Dantzig pour y mourir, où elle s'est installée, en m'envoyant une photo, prise naguère à Vilnius. Elle y apparaît de dos, recueillie, les cheveux en nattes, un foulard sur la tête, face à un piédestal de marbre surmonté d'un buste en bronze avec la tête barbue et hirsute d'Eliyahou ben Shlomo Zalman, dit le « Gaon de Vilna », grand talmudiste et kabbaliste lituanien du XVIIIe siècle, doué d'une mémoire phénoménale, une des figures rabbiniques majeures, farouche opposant au mouvement hassidique, considéré comme une hérésie, né dans les provinces polonaises de l'ouest de l'Ukraine, qui prône un dialogue direct et intime avec Dieu, porté par une ferveur mystique. Un ami a tenté de m'expliquer les bases de ce courant du judaïsme qui a ensuite essaimé : « Ce qu'on appelle le hassidisme, ce n'est pas très compliqué : c'est préférer le temps présent au passé, celui vénéré par les doctes rabbiniques, préférer la joie intuitive et les merveilles qu'offre la nature à l'étude minutieuse des textes sacrés, aux exégèses, et tourner le dos à l'austérité des autorités religieuses. Tu piges ? Donc on danse, on chante, on célèbre la Torah dans la joie. En deux mots, ce serait comme l'équivalent de la Réforme pour les chrétiens. »

Je n'étais pas vraiment convaincu par ses explications. Les hassidim que j'avais croisés une nuit d'hiver et de neige à Brooklyn, sur Bedford Avenue, il y a une vingtaine d'années, ne m'avaient pas semblé proprement enclins aux débordements de joie ou à une quelconque fièvre piétiste.

Deux jours plus tard, cet ami me téléphone pour me dire : « En fait, le hassidisme, c'est plus complexe que ça. Je te donnerai des conseils de lecture. Et pour répondre à ton autre question sur le yiddish, qui est la plus belle des langues vagabondes, je te dirai simplement qu'elle a été dénigrée, y compris par certains Juifs, et rejetée comme la langue de la diaspora, des ghettos et de la Shoah, langue dangereuse, idiome qui n'a plus pour fondation que la terre. Elle est devenue depuis la langue des disparus. Et n'oublie pas, ce n'est pas de moi, mais d'un écrivain dont le nom m'échappe : aujourd'hui, chaque fois qu'un Juif parle yiddish ou l'écrit, il compte ses morts. » Cette dernière phrase, j'y penserai au moment de me recueillir au mémorial de Ponary.

Mais revenons à ma Russe de Novossibirsk. Selon toute vraisemblance, elle a renoué avec ses origines. En guise de message, elle a retranscrit un poème tendre de Czesław Miłosz qui parle de danse, de grappes de lilas, de merisiers, et de couronnes de fleurs jetées dans la rivière. Et en post-scriptum, ceci : « La statue du Gaon est juste à côté de l'endroit où s'élevait la Grande Synagogue, sur la gauche. » Je fixe la tête du talmudiste : la ressemblance avec Moïse est frappante, du moins tel que le premier prophète est représenté depuis des siècles.

Après toutes ces années, je ne sais plus rien d'elle. Du moins, c'est ce que je crois, c'est aussi ce que je crains.

En parcourant les ruelles pavées pleines d'oubli et de douleur de l'ancien quartier juif, je trouve une mémoire absente marquée par l'outrage des hommes et l'écoulement du temps. La judéité a été effacée de cette zone, à l'exception de quelques plaques commémoratives, d'étoiles de David disséminées sur les murs, et du buste du Gaon, disgracieux comme le *Balzac* de Rodin. Difficile d'imaginer ce qui se passait là avant-guerre. Où sont les odeurs, le seuil des maisons, les anecdotes, les traces et les marques ? Le mélange des langues, l'effervescence marchande et artisanale, la vivacité religieuse et intellectuelle ? Tout un monde d'hier, englouti, errant dans les limbes de l'Histoire. Tout un monde qui m'interroge.

L'ancien quartier juif, sous forme de quadrilatère plus ou moins régulier, formé par les rues Stiklių, Žydų, Gaono, Vokiečių (c'est-à-dire la

« rue des Allemands »), Shavler, Mėsinių (la « rue des Bouchers », ex-Jatkowa), Mikalojaus, Strashun (rebaptisée par la suite rue Žemaitija), Disner, Shpitol (l'actuelle Ligoninės), et Pylimo, la grande artère où s'élève l'unique synagogue ayant survécu au feu nazi et aux destructions soviétiques. Cette même rue Pylimo dont Judita Vaičiūnaitė avait chanté le pittoresque et la beauté de ses lilas. Je l'ai découverte sur place. Sa poésie est douce et tourmentée, mélancolique, comme chuchotée. On y trouve les voix oubliées de la vieille ville, l'ivresse d'un vin des Balkans, les batailles du temps jadis, des soleils vagabonds, le silence des dimanches, le secret des arrière-cours de Vilnius. À la fin de sa vie, elle s'était comparée à un corbeau blanc.

Chemin faisant, je débouche sur la rue Stiklių, la « rue des Vitriers », l'ancienne Glezer Gas du ghetto, aujourd'hui bordée de petites boutiques, de cafés avec terrasses et de restaurants. Intrigué par un des nombreux passages, je poursuis mon exploration. À ma grande surprise, me voilà dans une belle cour intérieure fermée par un mur d'enceinte en briques ocre rouge, vestige d'un probable palais gothique accessible par une porte cintrée en fer, sur la droite, près d'un banc de bois. On pourrait être à Venise sur un *campiello*, ou dans la Florence de la Renaissance, par une belle matinée d'été. Là, dans un silence impressionnant, pas même troublé par les oiseaux, trône une sculpture de granit figurant un homme vêtu d'une toge, le visage émacié, sévère, coiffé d'un bonnet. Il est en train de lire, pensif, un livre ouvert sur ses genoux, le bras gauche levé, à l'ombre d'un jeune chêne. L'œuvre, indique le petit panneau d'information, s'appelle *Metraštininkas*, à savoir « Le Chroniqueur ». C'est ici, est-il précisé, que se trouvait la première imprimerie de Lituanie, créée au début du XVIe siècle. La surprise de cette découverte – émouvante et vibrante – a fait le bonheur de ma journée.

Une voix me dit : « Qu'êtes-vous venu chercher ici ? » J'ai bien entendu. C'est une voix d'enfant.

Je ne sais pas quoi répondre. Il n'y a pas de question en soi. Et si je répondais, je dirais sans hésiter : « Je cherche le pouls du temps. » Et comment la voix réagirait-elle ? Ça me picote l'esprit. Et c'est solennel.

Je me revois, adolescent à peine, feuilletant, annotant des revues d'histoire et des numéros thématiques sur la Seconde Guerre mondiale. Un jour, je suis tombé sur un dossier consacré aux grands ghettos, ceux de Varsovie, Łódź, Wilno, Kovno, Minsk, et Lwów dans l'actuelle Ukraine. À la fois horrifié et fasciné par les photos et les témoignages, j'essayais de comprendre la mécanique des forces du mal, la main exterminatrice du diable prenant une dimension industrielle et sanguinaire. Longtemps, les mots que j'y ai lus et les images de mauvaise qualité en noir et blanc m'ont hanté. *Shoah* de Claude Lanzmann était alors en cours de tournage. On parlait jusque-là d'« Holocauste », d'extermination ou de « Solution finale », et le mot allait rapidement s'imposer. Ici, on parle également de *Katastrofa*, comme il est d'usage dans les pays slaves.

Fin juin 1941. Un an après le début de l'occupation de la Lituanie et de son annexion par les Soviétiques, qui avaient déporté en Sibérie, au Kazakhstan, ou tué plusieurs dizaines de milliers de citoyens, essentiellement des enseignants, des fonctionnaires, des membres du clergé, et des officiers, entassés dans des wagons à bestiaux, les blindés de la Wehrmacht entrent dans Vilnius après avoir mis en fuite l'Armée rouge. La ville compte à cette époque environ 220 000 habitants. Parmi eux, 40 % de Juifs, environ 25 % de Lituaniens, 30 % de Polonais et quelques milliers de Russes et de Biélorusses.

Début septembre de la même année, les nazis créent deux ghettos mitoyens dans le centre-ville, regroupant 40 000 Juifs, entre les rues Stiklių et Pylimo. Dans le premier, plus petit, condamné à disparaître rapidement, sont placés les malades, les vieillards, les orphelins et les gens sans travail. Dans le second, tous les autres. La résistance s'y organise sans tarder, dans un climat de terreur.

Parmi les rares survivants du ghetto figurait le grand poète et résistant Avrom Sutzkever, membre de la fameuse « brigade des papiers » qui sauva du bûcher des milliers de livres rares, manuscrits inédits, archives et œuvres d'art, récupérés dans les bibliothèques et institutions juives de Vilnius, dont le YIVO, créé ici même dans les années 1920, et qui sera transféré à New

York juste avant la guerre. On le sait : le papier est plus patient que les hommes.

Sutzkever, partisan au sein de l'Organisation unifiée de la Résistance (FPO), premier mouvement juif issu des ghettos de l'Europe orientale à avoir pris les armes, puis combattant au sein de la brigade Nekome-nemer, les « Vengeurs », témoin capital, notamment au procès de Nuremberg en février 1946 où il se fit le porte-parole des victimes de la barbarie nazie, face à la « cage aux démons » ; auteur d'une dizaine de recueils de poèmes et du *Ghetto de Wilno (1941-1944),* récit d'horreur et de lutte, martyrologe et réquisitoire sur les choses vues, endurées et entendues, au cours des derniers jours de la « Jérusalem du Nord ». Depuis cette antichambre de la mort, pressé par la peur, la faim, la rage et le chagrin, il écrivit à vingt-huit ans ces vers poignants, toujours en yiddish, riche langue errante, langue-monde dénigrée, en voie d'extinction, orpheline :

Au point
Où les corps se séparèrent
Du temps,
Ma sœur je t'appelle,
Mon cri, tu l'entends,
De loin.

Quelques semaines plus tard, Lev, son fils, est assassiné le jour même de sa naissance, selon les décrets antisémites en vigueur. Puis c'est le tour de sa mère d'être froidement abattue par un nazi.

La veille de son témoignage au tribunal militaire international de Nuremberg, Sutzkever avait confié : « Le colonel Smirnov, le procureur soviétique qui m'interroge, m'avait auparavant entretenu sur la portée de mes paroles devant le tribunal. "Vous êtes le premier témoin juif, m'avait-il dit. Vous devez parler au nom de millions de victimes. Vous devez raconter au monde comment le fascisme a massacré vos frères." Cette responsabilité a occupé les moindres recoins de ma conscience. » Il continue, avec la même détermination : « Durant deux nuits, avant ma comparution, je n'ai pas pu fermer l'œil. Je voyais devant moi ma mère, qui courait, nue, dans un champ enneigé, et le sang chaud qui coulait de son corps transpercé se mettait à ruisseler des murs de ma chambre et m'encerclait. »

Entretemps, les escadrons de la mort nazis, soutenus par des auxiliaires lituaniens, des supplétifs, les « ypatingasis » et les « sturmistes », comme les appelaient les Juifs et les partisans, ont commencé à perpétrer les premières tueries de masse et procédé aux déportations. En quelques jours, les Einsatzkommandos exécutent des dizaines de milliers d'Ashkénazes dans les clairières et les sablières de la forêt de Ponary (aujourd'hui Paneriai), au sud de Vilnius, avant de jeter et d'empiler les cadavres dans d'immenses charniers, recouverts ensuite de chaux vive ou de sable. Au cours de la seule journée du 2 septembre 1941, 3 700 Juifs y ont été abattus, 864 hommes, 2 019 femmes et 817 enfants. Les historiens estiment à 100 000 le nombre de victimes de la Shoah par balles à Ponary, sans compter les soldates russes, les communistes, les Roms, les Polonais ou les partisans qui y furent assassinés. Quant aux survivants du ghetto, ils ont été déportés et exterminés sur la Baltique, dans les camps du Neuvième Fort à Kaunas, de Stutthof, près de Gdańsk, ceux de Vaivara au nord de l'Estonie, d'Auschwitz et de Dachau.

Voilà pour la version officielle. En vérité, la plupart des tortionnaires et des assassins étaient de jeunes Lituaniens, des policiers et des miliciens encadrés par les nazis, surnommés les « brassards blancs », qui leur livraient les Juifs dénoncés par les mouchards, et amenés par les « captureurs », autrement dit les *khapunes* ou *khappers*. Ces crapules alcoolisées se partageaient ensuite les butins en revendant ou troquant vêtements, chaussures, bijoux, objets divers à la population locale, qui fermait les yeux sur l'origine du recel. À Vilnius, ce passé-là n'est toujours pas passé ni totalement assumé. Comme s'il avait été définitivement révolu. Après la disparition d'un peuple, la disparition ou la distorsion de sa mémoire, et l'effacement, l'oblitération des traces de l'Extermination, finalité du nazisme. Le passé frappé par le néant. Miłosz affirmait qu'en Europe de l'Est, l'histoire n'est pas la représentation du passé, elle appartient au vécu quotidien.

Le temps. Jadis.

Sutzkever, toujours, hanté par la mort, celle de ses proches, de ses voisins, de ses compagnons d'armes :

Toutes les chaussures dans le brouillard des larmes
sont devenues chaussures de ma mère.
Et ma main tendue est retombée inerte
se refermant comme sur le vide du rêve.
Depuis ma conscience est une chaussure tordue.

Nuit et brouillard.

Au lendemain de son témoignage capital au procès de Nuremberg, où étaient jugés vingt-quatre hauts dirigeants du régime nazi, accusés de crimes contre l'humanité, il écrit ces autres vers, le 27 février 1946, un an avant de s'installer définitivement en Palestine, qu'il appelait sa « terre spirituelle » :

Il faudrait que je sois mille fois Shylock
pour extirper éradiquer de la terre la cruauté.
Mais toi seul mon peuple tu sauras forger l'épée
Si Dieu est trop faible pour obtenir la part exigée !

Parmi les victimes des massacres de Ponary figurait le père de Romain Gary, Leïb Kacew, abattu à soixante ans par les collabos lituaniens avant d'être jeté dans une fosse commune, à l'automne 1943, juste après la liquidation du ghetto de Vilnius. Sa nouvelle épouse Fryda Bojarska, ainsi que ses enfants Walentyna et Pawel lui survécurent quelques mois à peine avant d'être assassinés dans le camp de concentration estonien de Klooga, au sud-ouest de

Tallinn. Tous les trois aspergés d'essence puis brûlés vifs.

Il aura fallu attendre un demi-siècle après la libération du camp de Klooga par l'Armée rouge pour qu'un mémorial y soit dressé, dédié aux milliers de Juifs qui y furent exterminés.

Pourquoi ces massacres de Ponary sont-ils moins connus que ceux du ravin de Babi Yar, à l'ouest de Kiev, perpétrés par les nazis et leurs acolytes ukrainiens un peu plus tard, et où environ 30 000 Juifs ont été exterminés selon le même procédé ? Et que dire des charniers de la forêt lettonne de Rumbula, où en deux jours, les 30 novembre et 8 décembre 1941, plus de 25 000 Juifs du ghetto de Riga ont été assassinés par les hommes de l'Einsatzgruppe A, épaulés par les auxiliaires lettons du commando dirigé par Viktors Arājs, le tout supervisé par Friedrich Jeckeln, commandant de la police nazie en Union soviétique occupée, et boucher en chef des tueries de masse de Babi Yar, deux mois plus tôt ?

Les historiens estiment à quelques milliers à peine le nombre de Juifs lituaniens, les Litvaks, rescapés de la Shoah, soit 5 % du total, le taux de survie le plus faible d'Europe.

La mémoire collective, probablement parce qu'elle est plus pernicieuse ou dirigée que la mémoire et la conscience individuelles, a ses défaillances. Et par défaut, la mémoire a aussi ses abus.

Vilnius avait changé de visage, et au sortir de la guerre, les Soviétiques, avec le soutien du Parti communiste local, avaient brutalement et massivement déporté et « relocalisé » 80 % des Polonais de Vilnius, ainsi que les membres de l'élite politique, économique, religieuse, militaire, les opposants au communisme, les suspects, les partisans et leurs familles, soit plus de 100 000 citoyens lituaniens, y compris de nombreux enfants, jusqu'au début des années 1950. Destination : la Sibérie ou les républiques socialistes d'Asie centrale. Vilnius était devenue une « ville sans nom », comme l'a surnommée Czesław Miłosz, dans un pays peuplé de légendes et de mythes coriaces.

Je me revois la veille du retour en France. C'est la fin de l'après-midi. Ces moments de l'été où la lumière devient douce et dorée, pendant un trop bref moment. Le besoin de caféine se fait pressant. Je m'attable en terrasse, sur une chaise pliante de guingois, et commande un double espresso accompagné d'un verre d'eau. Les gens passent, tous vêtus légèrement, d'un pas tranquille ; certains s'arrêtent devant l'église orthodoxe de style néobyzantin, située à une centaine de mètres de là, façade blanc crémeux et rose pastel, surmontée d'un petit dôme verdâtre, encadrée de deux arbres qui semblent somnoler. J'observe plus attentivement, oubliant mes pieds endoloris par des heures et des heures de marche : robes à fleurs, épaules dénudées au soleil, babouchkas coiffées d'un fichu, écoliers délurés sortis du collège, éventaires proposant souvenirs, cartes postales, icônes miniatures, figurines médiévales et pièces taillées dans l'ambre ; rien d'autre ne m'importe. La ville m'est justement apparue comme une vaste enfilade non pas de lieux mais d'histoires, de couches de temps successives et mêlées, sans ordre chronologique.

Deux Russes approchant la trentaine, goguenards, habillés tout en noir, s'installent à une table voisine. Ils semblent désœuvrés, ont une tête (rasée) des mauvais jours, le front bas, le regard vitreux, le nez rougi dans leur verre, non pas de bière, mais de spritz orange vif, commandé dans la langue russe, en ricanant. Ils parlent fort, d'une voix aiguë. D'où sortent-ils ?

J'attrape quelques mots, des bribes de phrases. Impossible de reconstituer le puzzle verbal.

Au bout d'un quart d'heure, la serveuse revient vers moi, blonde, boulotte, en sueur, à peine souriante. La conversation s'engage, en anglais. Je garde un œil sur mes voisins russes.

– Tout se passe bien ? Vous désirez autre chose ?

– Non, merci.

– Vous n'êtes pas d'ici, ça se voit.

– Et surtout, ça s'entend.

– Vous venez d'où ?

– De France. Paris.

Elle esquisse un sourire, un peu forcé.

– Vous avez de la chance. La France ! Ma sœur s'y est installée deux ou trois semaines après le début de la guerre, avec ses deux enfants, près de Strasbourg. Avant, elle a fait une étape à Berlin, une ville détestable. J'aimerais bien la rejoindre un jour. Ce conflit sera interminable, on en est persuadés. Tsaristes, bolcheviks, soviétiques, staliniens, poutinistes… Tous les mêmes, et ça fait plus d'un siècle que ça dure. Et on en sait quelque chose, depuis le temps. Des générations de persécutés et de massacrés.

– Alors vous êtes ukrainienne ?

– Oui, je suis née à Lviv et j'y ai grandi. Ma mère est ukrainienne, ma grand-mère polonaise, et mon père, russe. Je suis arrivée ici il y a un peu plus d'un an, quatre mois après le début de la guerre. Et seule, mon fiancé ayant été mobilisé. Je me suis inscrite à l'université. Que faire d'autre ? Même dans l'ouest de l'Ukraine, ça devient dangereux, avec tous ces drones iraniens qui nous bombardent aussi la nuit, dans un bruit de tondeuse à gazon…

– Je sais…

– J'ai vu que depuis tout à l'heure vous observez attentivement l'église. Vous l'avez prise en photo avant de venir vous asseoir. J'ai l'œil.

– C'est Sainte-Paraskeva, n'est-ce pas ?

– Oui. Elle a quelque chose de particulier, que tous les Russes connaissent, ou devraient connaître… Et pas qu'eux.

– C'est-à-dire ?

– C'est là, dit-on, que l'arrière-grand-père africain de Pouchkine, le commandant Hannibal, a été baptisé. Et attention, baptisé par son parrain, le tsar en personne, Pierre le Grand. Il paraît qu'il y a une plaque célébrant l'événement, écrite en cyrillique. Je ne fréquente pas les églises, qu'elles soient orthodoxes ou catholiques.

– J'irai vérifier... Une question indiscrète : quel est votre prénom ?

– Appelez-moi Natalia ou Natalka, c'est comme vous voudrez...

L'échange se poursuit. Elle m'annonce qu'elle vient de terminer son service. Je suis à la fois troublé et ennuyé. Mais je suis en bonne compagnie, profitons-en.

– Je ne sais pas ce que vous en pensez, mais bien qu'il soit russe, j'aimerai toujours Pouchkine. Sa poésie et son théâtre sont universels. Je ne vois pas pourquoi on l'interdirait. Il n'est pour rien dans les tortures, les mutilations et les exécutions de plusieurs centaines de civils à Boutcha... Même s'il a été utilisé par la propagande russe. Il y a un ou deux mois, les Lettons ont déboulonné sa statue à Riga. Ils y voyaient un symbole de l'impérialisme russe. C'est n'importe quoi. En revanche, ils ont épargné le monument en granit rouge du centre-ville, élevé à la gloire des tireurs d'élite lettons au service de l'armée russe pendant la Première Guerre mondiale. Il faudrait savoir ce qu'on veut, non ?

Elle reprend sa respiration, pose les mains sur le dossier de la chaise, esquisse un sourire. Un des deux Russes, le maigrichon au visage boutonneux, nous jette un regard de temps à autre. Vide.

– Ce Poutler est un grand malade, un fou sanguinaire ! Le nazi, c'est lui !

– Poutler ?

– Oui, c'est comme ça qu'on l'appelle ici : moitié Poutine, moitié Hitler. C'est clair, et ça lui va bien !

– Il y a un monument dédié à Pouchkine, à Vilnius ?

– Je ne sais pas. Non, je ne crois pas. Je peux me renseigner, si vous voulez.

Je commande un autre café, serré cette fois. Natalka me propose de l'arroser avec une dose de boisson nationale, une sorte d'hydromel coupé de jus de canneberge ou de baies de genévrier, le žalgiris. Puissance de feu : soixante-quinze degrés. Trop tôt dans la journée, et puis trop tard pour les années : j'ai arrêté de boire de l'alcool voilà cinq ans révolus. En ce temps-là, la vie ne m'intéressait plus. Et puis elle a repris son cours.

– Merci à vous. Mais c'est non. Et les deux Russes, là, à côté ?

– Des Biélorusses. Ils sont probablement venus en Lituanie pour fuir la conscription et continuer de travailler dans l'informatique ou les technologies de l'information. À moins qu'ils ne fassent le taxi, vu leurs têtes. On manque de bras ici.

Natalka apostrophe les deux Biélorusses en leur demandant poliment de faire un peu moins de bruit. La conversation se poursuit.

– Autre chose : Paraskeva, regardez-la bien. Un jour, elle sera peut-être transformée en abri antiaérien pour les populations civiles, si la guerre impérialiste et colonialiste de Poutler vient à s'étendre. N'oubliez pas : les trois pays baltes sont les seules ex-républiques socialistes devenues membres à la fois de l'Union européenne et de l'OTAN. Poutler, ça le rend dingue. Nous envoyer ses chars et ses bombes, ça le démange autant que ça l'excite. Alors, oui, des abris, il nous en faudra. Et du courage.

– Vous plaisantez ?

– Pas du tout. Le gouvernement a lancé un projet pour aménager les sous-sols d'une dizaine d'églises en bunkers pour les civils. Celle de Notre-Dame-de-Consolation est sur la liste. De toute façon, elle a été déconsacrée. Et il y en aurait quatre ou cinq à Klaipėda, sur la Baltique. En Lituanie, il n'y a pas de métro, donc pas de souterrains pour se protéger des bombardements.

– Pourquoi Klaipėda ?

– C'est à moins de cinquante kilomètres de l'enclave de Kaliningrad… Autant dire à la frontière russe, en première ligne en cas d'agression. Savez-vous que certains ont déjà surnommé la mer de la Baltique le « lac de l'OTAN » ?

– Je vois.

– Ce que vous ne voyez pas, ce que vous ne pouvez voir, c'est qu'ici les gens ont peur. Non pas de la guerre, ce dont ils ont peur c'est qu'on les oublie, que l'Ouest les abandonne. Lituanie, Lettonie, Estonie : trois petits pays à la périphérie de l'Europe, dans le cul-de-sac de la Baltique. Enfin, Lituaniens, Ukrainiens : on a la guerre en nous, depuis des siècles. Aujourd'hui, le danger viendra d'abord des Biélorusses, et de cet enfoiré de Loukachenko, à la botte du Kremlin. Ils sont de plus en plus nombreux à Vilnius, pas loin de soixante mille, officiellement. Tout comme les Ouzbeks et les Kirghiz, les derniers arrivés, qui ne parlent pas un mot de lituanien et bredouillent à peine le russe. Ça devient Babel ici !

Un troisième individu a rejoint la table voisine. Un verre est jeté à terre, une chaise renversée, quelques cris, quelques coups…

Le tenancier intervient, violemment, en gueulant. J'en profite pour m'éclipser, lâchement. Et puis vient le regret. J'aurais pu proposer à Natalka un rendez-vous, afin de reprendre la conversation là où on l'avait laissée. Je lui aurais bien demandé ce qu'elle comptait faire de sa vie. Et puis, avouons-le, elle me rappelait un peu Svetlana, en tout cas suffisamment pour à nouveau m'échauffer l'esprit : le mouvement des lèvres, les gestes lents de la main, une lueur inquiétante dans le regard. Mais non. Nom d'un chien.

Sans trop y croire, je suis revenu au café le lendemain, et le surlendemain. En vain. Elle avait le visage plein, la bouche épaisse, des yeux clairs joliment fendus, de longs cheveux blond cendré ; elle portait une petite robe mal ajustée tombant sur une paire de rangers noires.

Adieu Natalka ! Dans quelle partie du monde es-tu ? Adieu Paraskeva ! Adieu Pouchkine !

Mi-juillet. Deux semaines après mon voyage, Vilnius et la Lituanie m'obsèdent toujours. J'en suis presque inquiet. En fin de matinée, je vais au Centre Pompidou pour voir la superbe rétrospective consacrée au photographe Moï Ver. Il fut l'un des rares à avoir portraituré avec tant de justesse et de réalisme les décors et les visages des Juifs de Vilnius, à la fin des années 1920. Gamins en guenilles, vieillards qui semblent perdus, groupes de femmes affairées, ruelles boueuses ou pavées en ronde-bosse, cours sombres, échoppes déglinguées, façades cariées reliées par de hautes arches tuilées. Et puis, la grille d'entrée du Shulhoyf et de la Grande Synagogue, cœur de la communauté juive de Vilnius.

C'était le temps où les poètes pouvaient comparer Vilnius/Vilnè à un livre de psaumes écrit dans l'argile et le fer, dont les caractères effacés errent dans la nuit, ville où chaque pierre était une prière, et chaque mur, une mélodie sacrée. L'album de photos qu'il en a tiré a été préfacé par Fernand Léger, un de ses meilleurs amis parisiens.

Moï Ver s'installe ensuite à Varsovie, où il témoigne avec son Leica de la vie quotidienne des quelque 350 000 Juifs qui y vivent, à travers portraits et visages saisissants, comme cet instantané pris en 1937, *Mère et enfant le jour du marché*. Comment ne pas le rapprocher de celui de la fameuse *Migrant Mother* de Dorothea Lange, pris dans un campement en Californie durant les pires heures de la Grande Dépression, exactement à la même époque ? On y retrouve la même inquiétude dans la profondeur du regard, la même incommensurable détresse. Et toute cette misère, matérielle, sociale, physique, à la fois incarnée et décharnée, entre espoir écrasé et désespoir. Où l'on ne perçoit aucune plainte, sinon celle – silencieuse – du dénuement dans la pouillerie, pleine d'une insolente noblesse.

Né Moshe Vorobeichic en 1904 à Vilnius, Moï Ver fut également le premier à s'intéresser aux kibboutzim et hakhsharot des environs de Varsovie, créés dans les années 1920, où il accompagne les jeunes agriculteurs sionistes, et s'enthousiasme pour leur militantisme. En 1934, il part pour Tel-Aviv et s'installe en Palestine, mettant ses talents de photographe et de peintre au service de la presse et de la propagande des pionniers. Ce brillant fils d'Israël meurt dans la ville sainte de Safed, située en Galilée, en 1995, à quatre-vingt-onze ans.

Il y a ici une manière d'effervescence diffuse, d'énergie qui se déploie par estompes, qui me plaît ; et que l'on ne trouve ni à Riga ni à Tallinn, embaumée dans les ocres et les pastels du temps, embrumée dans l'exubérance baroque ou la froideur nordique. C'est quelque chose d'impossible à nommer et qui serait comme un remède vilnois à la mélancolie, enfanté par un climat abrupt ou *brut,* si on y prête bien attention, mais doux sous sa couche râpeuse, un esprit nourri de lointains, et qui m'est cher.

Se séparer du monde et de l'universel. Retrouver l'*insignifiance*, débusquer une harmonie batailleuse, insoupçonnée, livrée par les éléments. Faire de ces heures et ces jours des *faits de vie* en me nourrissant de fragments, de miettes. Pour cela, Vilnius est la ville idéale. C'est l'une des capitales européennes du trompe-l'œil et du *trompe-cœur.*

Je pense aux vers du long poème « Nocturne lituanien » de Joseph Brodsky, écrit au début des années 1970, après son expulsion de l'Union soviétique, et dédié à Tomas Venclova :

Tout a une limite :
pour la vue, l'horizon, pour le désespoir,
le souvenir

Voilà exactement ce que je ressentais, ce que j'avais pressenti. Ici et maintenant. Dans le reflet de la vie.

Je suis ce que je puis. Et c'est ainsi.

Me voilà rue Dzūkų, où vivent Jaroslav, sa femme Danguolė et leur fils étudiant en mathématiques, à la lisière d'un quartier résidentiel et boisé, composé de blocs carrés de béton de trois ou quatre étages, bâtis par les communistes dans les années 1970, sous l'ère Brejnev. Jaroslav est venu m'accueillir sur le quai de la gare, à mon retour de Kaunas, l'éphémère capitale durant l'entre-deux-guerres, ex-Kovno, où j'avais passé la journée entière. Sur le chemin, nous avons croisé le musée à ciel ouvert des Chemins de fer, des maisons aux rondins de bois décolorés, semblables à des isbas, où s'étaient réfugiés au XIXe siècle d'anciens prêtres orthodoxes russes rigoristes ayant refusé de se plier à la réforme de l'Église imposée par le tsar. « Ce petit air de campagne russe n'est pas pour me déplaire, a-t-il commenté. On pourrait y croiser des personnages de Tolstoï ou de Tchekhov. N'est-ce pas ? Mais c'est hélas un monde condamné, je le crains. Ce genre de maisons et de baraques, on en trouve encore sur la rive droite de la Néris, dans le quartier de Šnipiškės, en voie de gentrification, avec ses centres commerciaux, ses promenades aménagées et proprettes, de longues pistes cyclables, et de grands immeubles de bureaux modernes, faits de verre et de béton. C'est triste de voir les derniers vestiges du vieux Vilnius en train de disparaître sous les coups de boutoir et de bulldozer du progrès. »

Leur appartement occupe le rez-de-chaussée d'un de ces cubes disgracieux, un ancien logement de fonction attribué aux employés des SZD, les chemins de fer de l'Union soviétique. Le dîner est déjà prêt, la table dressée. Comme je m'y attendais, la conversation se déroule en français. Danguolė dit : « Ici, c'est un peu la tour de Babel. On pratique aussi bien le lituanien que l'ukrainien, voire le russe, en mélangeant les mots. Parfois, des phrases en français s'invitent dans la conversation, ou une expression. » Tout sourire, Jaroslav acquiesce.

C'est curieux et perturbant : Danguolė a exactement les mêmes yeux bleu clair que mon ex-belle-mère, une Polonaise originaire de Gdańsk, la tristesse en moins dans le regard.

Nous parlons de Paris, où le couple se rend souvent, à l'occasion de colloques universitaires, de François Villon, que Danguolė a traduit dans sa langue natale, tout comme *Le Désert des Tartares* de Buzzati, de la guerre en Ukraine, de Vladimir Poutine, du tout prochain sommet de l'OTAN (qui se déroulera ici) dont la Lituanie est membre depuis 2004, l'année où elle est entrée dans l'Union européenne, en même temps que les deux autres pays baltes. Enfin, nous recensons également les lieux pittoresques de Vilnius qu'il me reste à découvrir.

En silence, le chat passe, poil brun lustré, museau carré et oreilles à plumets. Liza, c'est son nom, un beau spécimen de la race maine coon, miaulant à tout propos et à tout-va, en modulant ses intonations. De vraies vocalises. Puis il passe dans la petite véranda ombragée par un tilleul, où il s'étire longuement dans la position du prieur.

« Quand reviendrez-vous ? me demande Danguolė, me fixant avec ses yeux au bleu pur. Pour connaître vraiment Vilnius et le reste du pays, il faut y passer au moins une semaine en hiver… Le visage de la ville est complètement métamorphosé. Avant, c'est-à-dire il n'y a pas si longtemps, on avait de la neige pendant quatre bons mois. Désormais, on doit se contenter de cinq ou six semaines, autour de Noël... Et les flocons étaient plus gros, plus cotonneux... Mais vous reviendrez nous voir, n'est-ce pas ? » Jaroslav ajoute : « La neige adoucit la nuit. C'est pour cela qu'on l'aime. »

Alors que le dîner tire sur sa fin, en partageant des fraises, puissamment sucrées et parfumées comme celles du marché, accompagnées de boules de glace, Danguolė a évoqué les origines particulières du lituanien, la langue européenne, si curieux que cela puisse paraître, la plus proche du sanskrit, langue liturgique, et des langues indo-européennes archaïques, me citant de nombreuses racines communes et des mots apparentés aux deux langues. C'est le cas de *vent,* de *feu*, de *vague* (*banga*), de *miel,* de *rêve*, de *fils* (*sunus*), de *vieux,* ou encore de *Dieu* (*Dievas*/*Devas*).

J'apprends également qu'en 1940, pour protester contre la nouvelle menace soviétique, le président de la République lituanienne s'est solennellement adressé à ses compatriotes, via la radio, non pas en polonais, en russe ou en lituanien, mais en latin, langue obligatoire à l'époque, afin de s'assurer d'être compris par tous. En juillet de la même année, la Lituanie, annexée, devenait une république socialiste soviétique.

Avant de prendre congé, pressé de questions, je raconte ma visite express de Kaunas, où je me suis rendu par le train, et commente les lieux que j'ai découverts et aimés à Vilnius depuis mon arrivée. De mon passage dans l'ancienne capitale, j'ai retenu ce grand parc, le Ramybės, sur l'avenue Vytautas, où l'on trouve un petit musée de la Résistance, de nombreux monuments dédiés aux combattants et héros nationaux, des croix blanches plantées dans l'herbe, une église orthodoxe et une mosquée tatare bâtie en briques blanches ; la promenade agréable sur la longue avenue piétonne de la Liberté, très fréquentée, avec son allée centrale bordée de tilleuls, puis un passage rapide au musée de la Guerre, dont la dernière salle est consacrée au conflit qui frappe l'Ukraine depuis bientôt un an et demi. Plus loin, des maisons basses, quelques édifices avec des motifs Art déco, d'autres, plus audacieux et modernistes, inspirés par le Bauhaus, inscrits depuis au patrimoine de l'Unesco. Et, à deux pas de l'imposante cathédrale Saint-Pierre-et-Saint-Paul, le musée Mykolas Žilinskas, avec près de l'entrée, perchée sur une estrade de bois sombre, la sculpture de bronze vert-de-gris accueillant à bras ouverts le visiteur ou le curieux. Elle représente un éphèbe complètement nu, son petit sexe à l'air, la tête couronnée de laurier, et qui semble échappé d'une antique légende grecque.

Ici, comme à Vilnius, on croise plus de trottinettes électriques que de chiens tenus en laisse.

Ensuite, la conversation avec les Melnik a roulé sur les relations entre la France et la Lituanie. Je ne savais que dire, à part revenir sur Napoléon, Romain Gary, Sartre ou Stendhal. Ou bien encore parler du philosophe Emmanuel Levinas, qui était né et avait grandi à Kaunas, ou du traité d'entente, d'amitié et de coopération franco-lituanien signé à Vilnius par les présidents Mitterrand et Landsbergis, au printemps 1992, après la restauration de l'indépendance.

Aujourd'hui, je m'en mords les doigts : je n'ai pas osé évoquer la fin tragique d'André et de Jean Jacob, respectivement le père et le frère aîné de Simone Veil, déportés puis assassinés tous les deux à Kaunas, sur la colline du Neuvième Fort. Ils faisaient partie du Convoi 73, composé exclusivement d'hommes juifs, parti du camp de Drancy via la gare de Bobigny le 15 mai 1944, l'unique train de la mort français à destination des pays baltes. Sur les 878 déportés, dont une quarantaine d'adolescents, environ 600 ont été exécutés sur les hauteurs de Kaunas, les autres ont été fusillés en Estonie, précisément dans la prison de Patarei, à Tallinn, d'autres encore envoyés au camp de Stutthof en Pologne. À peine une vingtaine d'entre eux sont revenus.

Je l'ignorais : c'est à deux pas du Ramybės, le « parc de la Paix », dans la cour d'un garage, qu'a eu lieu un premier pogrom avant même l'arrivée des troupes allemandes. Le 27 juin 1941, une soixantaine de Juifs furent torturés puis achevés à coups de barre de fer par des nationalistes lituaniens, devant la foule qui encourageait, acclamait à grands cris, et applaudissait les tortionnaires, enfants compris.

Comme me l'a vivement recommandé Jaroslav, je suis allé au nouveau musée consacré au peintre symboliste et compositeur Mikalojus Konstantinas Čiurlionis, dont les œuvres étaient interdites sous Staline. Esprit torturé, mort prématurément, il a essentiellement peint des paysages curieux, inquiétants, hostiles, aux couleurs sombres et fanées, des ciels indéchiffrables, dans l'esprit d'Odilon Redon ou d'Arnold Böcklin. Dans les grandes salles quasi désertes, face aux nombreuses toiles où apparaissent des villes imaginaires, où surgissent des divinités du panthéon lituanien, empreintes ici ou là d'un mysticisme noir, sensation de désarroi, mêlée de cette désolation propre au malaise.

Je m'étais également promis d'aller voir à Kaunas l'exposition consacrée aux « artistes litvaks à Paris », proposée par le musée Vytautas Kasiulis, et réunissant des œuvres de Chagall, Soutine, Kikoïne ou encore Zadkine. Hélas, le temps m'a manqué.

La grandiose cathédrale blanche vouée à l'archange Saint-Michel, qui ouvre la perspective de l'avenue de la Liberté (« Laisvės alėja »), était malheureusement fermée, tout comme le musée du Diable, unique au monde, dit-on, avec ses trois mille pièces venant de tous les horizons, y compris les plus sombres, inspirées par Belzébuth, Satan, et leur œuvre. Les galeries proposent-elles aussi des œuvres inspirées des anges des ténèbres ou des anges déchus ? Impossible à savoir. M'est revenue l'image d'une sculpture de bronze, celle de Lucifer, qui trône fièrement dans les jardins intérieurs de l'imposant Capitolio à La Havane, et découverte un soir d'ennui et de sévère ivresse. En lituanien, diable se dit *velnias*.

Même mésaventure le lendemain, au Centre des arts visuels Jonas Mekas de Vilnius, à l'orée du quartier d'Užupis, dédié au cinéaste d'avant-garde new-yorkais d'origine lituanienne. Porte close. On me prive encore de nouvelles impressions et de souvenirs épars. Et même de joies à raconter, notamment à mon demi-frère, qui connaît l'œuvre de Mekas et ses écrits sur le bout des doigts et des yeux.

La mémoire, ça s'invente aussi. Voilà ce que je me dis en classant et répertoriant les centaines de photos que j'ai prises depuis trois ou quatre jours. Des églises, des parcs, des ruelles au soleil, des bâtiments imposants de style Art nouveau, des ponts, des boutiques, des statues, des bouquets d'arbres, un éventaire chargé de fraises, le ciel au crépuscule naissant, les flots du Niémen dont le nom chantant renvoie au groupe d'aviation de chasse Normandie-Niémen, chargé de débarrasser le ciel des appareils de la Luftwaffe. Et mes clichés préférés : ceux de vieux pèlerins polonais descendant d'un autocar parti de Cracovie, les images d'un groupe d'étudiants en fête, dans les parages de la gare de chemin de fer. Et, bien évidemment, cette impressionnante peinture murale, près de l'ambassade de France, représentant sur fond blanc un Litvak, un vieux

Juif lituanien des années 1930, à la barbe abondante, vêtu d'une longue redingote où il a plongé ses mains, et coiffé du traditionnel chapeau de fourrure, le *spodik*.

À Kaunas, j'avais cherché en vain le café littéraire où Sartre et Beauvoir s'étaient rendus, le Tulpe, sur l'avenue principale. Il a depuis disparu, tout comme le mythique Suokalbis (« Le Complot ») de Vilnius. Depuis quand ? Remplacé par quel genre de boutique ? Je me contenterai donc de photos d'archives, en noir et blanc, et de piètre qualité.

Une fois rentré à Paris, je trouve de rares enregistrements des œuvres de Čiurlionis, essentiellement des *Variations*, des *Nocturnes* et des pièces pour orchestre. Un disque hommage lui a été consacré par le musicologue et pianiste Vytautas Landsbergis, qui fut, à soixante ans, chef chrétien-démocrate de l'État lituanien au moment de la restauration de l'indépendance, proclamée en mars 1990, avant l'Estonie puis la Lettonie.

Originaire de Kaunas, ancien champion d'échecs, Landsbergis a été membre dans les années 1960 du mouvement d'avant-garde Fluxus, créé à New York par son compatriote Jurgis Mačiūnas, et où s'illustrèrent Joseph Beuys et John Cage. À cette époque, il enregistre un album de préludes de Čiurlionis pour le label russe Melodiya. En 1995, il se remet au piano et enregistre un disque intitulé *Born of the Human Soul*, offrant un vaste panorama des compositions de Čiurlionis, illustré par des *Nocturnes*, des airs transcrits du folklore lituanien, des impromptus et des préludes. Dans ses mémoires, *Un peuple sort de prison*, Landsbergis rappelle que l'œuvre de Čiurlionis « incarne l'impétueuse force créatrice de notre peuple, son indépendance d'esprit, la vocation de l'homme et de la nation à participer de son mieux au devenir du monde. » Tout un programme.

Vytautas Landsbergis a alors quitté le sommet de l'État pour créer son parti politique, l'Union de la patrie – Chrétiens-démocrates lituaniens. Une dizaine d'années plus tard, il est élu député au Parlement européen. Il s'y fait remarquer en demandant, en 2005, soutenu par un député hongrois de la droite populiste, l'interdiction au sein de l'Union européenne de tout insigne ou symbole nazi ou communiste. En vain.

Ces mêmes signes et symboles des totalitarismes sont proscrits sur le territoire lituanien depuis un vote du Parlement en 2008, sous peine d'amende. La Lettonie suivra le même chemin cinq ans plus tard. Désormais, à Vilnius comme à Riga, ni croix gammée ni faucille et marteau. J'ignore si *L'Internationale* chantée en public entre dans le champ de la loi.

La mère de Landsbergis, née Ona Jablonskytė, à Jūrmala en Lettonie, mettant à profit sa position d'ophtalmologue, avait caché et sauvé de nombreuses familles juives du ghetto de Vilnius, ce qui lui valut le titre de Juste parmi les Nations, comme plus de neuf cents de ses compatriotes.

Le petit-fils de Vytautas Landsbergis, Gabrielius Landsbergis, né en 1982, est l'actuel ministre des Affaires étrangères et le président du parti conservateur fondé par son grand-père.

Depuis Kaunas, le train a mis une heure et demie pour arriver à sa destination finale, Vilnius, en toute fin d'après-midi, après une dizaine de haltes, longeant les rives du majestueux Niémen, puis des forêts de sapins, d'aulnes ou de bouleaux, des bocages et des remblais, découvrant des hameaux, le sillon de petites routes, des champs et de nombreux étangs ou étendues d'eau.

Dans le wagon à moitié désert, un couple d'étudiants et une famille israélienne au grand complet. Le convoi s'est arrêté à Pravieniškės (ancien camp de concentration nazi transformé ensuite en goulag), à Pamieris, en bordure du village de Žasliai, à Lentvaris, où j'ai pu suivre pendant une dizaine de secondes un vol de cigognes blanches à quelques mètres au-dessus du sol, et enfin à Ponary/Paneriai de sinistre mémoire... Noms qui chantent et qui dansent encore dans ma tête, mêlés aux couleurs tourmentées des tableaux de Čiurlionis, et à celles des cantons agricoles traversés ou aperçus au loin : verts, blonds, gris ou bruns.

Je n'ai qu'un regret : n'avoir pas demandé à Jaroslav et Danguolė d'où était partie précisément la longue chaîne humaine du 23 août 1989, qui relia Vilnius à Tallinn en passant par Riga et les rives de la Daugava, sur plus de six cents kilomètres. Peut-être de la tour de Gediminas ? Et s'ils avaient participé à cette « Voie balte » pacifique et antisoviétique, traversant ce *finisterre* septentrional, plat et sans relief, qui s'était déroulée sans incident, et en chansons. Cinquante ans jour pour jour après l'accord Molotov-Ribbentrop dit pacte germano-soviétique, dont les clauses secrètes détaillaient le dépeçage et le partage de l'Europe orientale, près de deux millions de Baltes, soit un citoyen sur quatre, avaient ainsi protesté contre l'oppression du géant russe.

Landsbergis a rapporté le déroulé de cet événement historique dans ses mémoires :

« Des meetings se tenaient dans les agglomérations situées sur le "Chemin" et on avait allumé de grands feux aux frontières entre les pays baltes. Chez nous, les gens dressèrent des autels, on dit la messe par endroits. Juste avant 19 heures, je donnai la main au premier d'un groupe de jeunes sur ma gauche et à ma femme Grazina sur la droite qui, à son tour, était à la tête d'un groupe de manifestants (dont elle faisait partie). À 19 heures précises, dans un silence absolu, la chaîne humaine longue de six cents kilomètres se recueillit, pensive, sentant que nous étions les maillons d'un barrage invincible, dressé par des millions de mains et de cœurs contre la marée rouge.

À la nuit tombée, les bougies s'allumèrent parmi les fleurs entassées sur les marches de la cathédrale, dans les rues de Vilnius, tout le long du Chemin de la Baltique, sentier lumineux témoin de notre espoir, mais aussi de notre détermination. »

Le 9 novembre 1989, c'en était fini du mur de Berlin. Au même moment était publié le plus grand roman jamais publié sur la capitale lituanienne : *Vilnius Poker* de Ričardas Gavelis.

La Serbie mise à part, je ne connais pas de pays aussi hanté par la mémoire de la guerre, des guerres, des champs de bataille et de mort.

Vytis, c'est le nom donné depuis le XVe siècle au brave et valeureux chevalier, mot signifiant littéralement « partir à la recherche de ». Il apparaît sur les armoiries officielles du pays, casqué et harnaché, sur fond rouge, chevauchant sa monture, le regard tourné vers l'Occident, une épée brandie, et protégé par un bouclier frappé d'une croix à deux traverses. Il figure également sur la couverture du passeport lituanien. Double, comme les deux fêtes nationales, célébrées dans un grand écart historique : celle du 16 février, en souvenir de la restauration de l'État lituanien, libéré de l'emprise russe puis allemande en 1918, et celle de la restauration de l'indépendance, le 11 mars 1990. Ajoutons également la commémoration, le 6 juillet, du couronnement du premier et unique roi de Lituanie, le grand-duc Mindaugas, en 1253, et célébrée officiellement au titre de « jour de l'État ».

À ma connaissance, aucun autre pays au monde n'a deux fêtes nationales officielles.

Prévenante et attentionnée, Danguolė me commande un taxi : « Vu son nom et son accent, le chauffeur est ukrainien. » Jaroslav me raccompagne dehors. Il fait encore jour. La nuit semble hésiter à descendre. « Regardez les

voitures des résidents, garées là-bas. Que des véhicules de marques européennes achetés d'occasion et revendus. Un vrai business. L'époque des Lada et des Trabant est révolue... Et la Lituanie est devenue le marché central, la plaque tournante, pour ce genre de véhicules. On vient de toute l'Europe de l'Est pour se les procurer ici... Bonne fin de séjour, et j'espère à bientôt. »
Âgé d'une quarantaine d'années, le chauffeur, T-shirt kaki, tête rasée, taciturne, dévale la route, contourne la gare, longe les hauteurs d'Užupis, et de nouveau accélère au niveau des Bernardins. Moins d'un quart d'heure plus tard, je suis arrivé à mon hôtel. « Bonsoir » : *labas vakaras*. Et merci. L'Ukrainien ne m'a pas répondu. Ai-je mal prononcé ? A-t-il une dent contre les Français ?

Il y a foule à l'entrée du parc, devant le stand du glacier ambulant. Des jeunes filles, blondes pour la plupart, des couples heureux, des familles, éventail à la main. Patientant sagement. Profitant des dernières lueurs.

La chambre mansardée est tiède, silencieuse. Y flotte une vague odeur de savon et de détergent. Il y a quelques années de cela, j'aurais allumé une cigarette, ouvert la porte du mini-frigo, recensé les mignonnettes et ouvert les flacons d'alcool, les vidant un à un en grimaçant : gin, vodka, whisky, kvas. En marquant une pause avec des gorgées de bière tirées d'une canette. Ce que je sais aussi, pour l'avoir lu, c'est qu'au tout début du XXIe siècle, les Lituaniens détenaient le record mondial de consommation d'alcool par habitant, devant les Moldaves, les Biélorusses et les Russes. Depuis, ils ont rétrogradé dans le classement, à la suite d'une série de mesures strictes de santé publique, accompagnées de campagnes de publicité et d'information.

Je m'allonge sur le lit entre deux oreillers ventrus, puis j'allume le téléviseur, faisant défiler les chaînes lettonnes et lituaniennes, américaines et allemandes. Des jeux, du sport, des feuilletons sentimentaux. Comme en Lettonie, les séries et les films étrangers ne sont, faute de moyens j'imagine, ni doublés ni sous-titrés. Une seule voix off débite les propos de chaque personnage, homme ou femme, avec en bruit de fond, mais parfois perceptible entre les silences, la langue d'origine, le tout sur un ton monocorde. C'est assez bizarre, cette désincarnation, cette dépossession.

J'ouvre puis range mes plans, mes guides et mes cartes. Et puis, brusquement, ça me saute aux yeux : la vieille ville de Vilnius a la forme d'un cœur. Parfait. Je suis prêt pour le sommeil et le monde des rêves.

Déjà, je me voyais marcher dans le passé lointain. Tout le monde y trouverait son compte. Voilà ce que je me suis dit en fermant les yeux, bêtement. Inutile d'attendre la nuit.

C'est cela, sans doute, le frisson des choses qui s'enfuient.

Toute ville s'apprend par imprégnation. Par assimilation fragmentaire, involontaire, incomplète, qui exige la sollicitation intuitive de tous les sens. À Vilnius, m'a manqué celui du toucher, de la chair. L'âme de la peau. La peau dans toute son âme, qui nous rapproche du temps présent. De l'offrande.

Toucher du doigt, c'est toujours risquer une expérience, car il y a là quelque chose d'impudique, d'osé, d'intense. Le contact manuel est éphémère : il s'épuise rapidement. Il nous en dit trop. Pourtant, voilà le sens fondamental.

Effleurer cette pierre, ce mur, les pétales d'une fleur, l'écume d'une vague, c'est rencontrer une présence, grâce au sens le plus intime. Et un peu de la matière du monde. Les uns ont besoin des autres, dans un désir exclusif, parfois partagé ; moi j'ai le besoin des choses qui m'entourent et, en quelque sorte, m'appellent. De ce flux et de ce reflux des choses qui m'emplissent, et de moments privilégiés.

Le souvenir de Svetlana n'arrangeait rien. C'est avec elle qu'il aurait fallu danser le Wilno tango, et sa variante, le Vilna tango. Rien qu'une fois. Trop tard. Décidément, je serai pour toujours un grand cœur naïf.

Juste avant mon départ, sous un soleil vibrant, je musarde dans le quartier de l'hôtel, sans but précis, au flair. Arrivé devant l'église Sainte-Anne, magnifique illustration du gothique tardif, hérissée de pinacles et de fleurons, je ne peux m'empêcher de caresser la façade de briques. Elle est froide, malgré la chaleur qui règne ces derniers jours. Danguolė m'a appris que Napoléon, lors de la désastreuse campagne de Russie, était tombé amoureux de l'édifice et qu'il aurait songé à le faire transporter à Paris, pierre par pierre.

Je marche quelques mètres pour rejoindre l'église mitoyenne des Bernardins. Le porche franchi, tout de suite sur la gauche, contre le mur gris du narthex, se trouve une niche abritant un étrange visage de pierre, ni masculin ni féminin, un visage aplati, aux yeux démesurés, encastré dans une croix de fer et posé sur une stèle carrée. Pas d'indication, pas de plaque. Qu'est-ce donc ? D'où sort-il ? Ça sent la poussière, le Moyen Âge.

Et quel contraste avec le foisonnement baroque de la nef et des chapelles latérales. Avec toutes ces *gloires* impossibles à compter, ces motifs ornementaux composés de rayons irradiants en bois, à partir d'un point central. Une vraie remise à *gloires,* flamboyantes. Sans parler de la richesse des stucs, surdorés. Faut-il faire le lien avec le monument funéraire placé sur la droite, où apparaît un homme (un prince, un officier de haut rang, un magnat ?) à demi allongé, fixant du regard le visiteur ou le paroissien, la bouche déformée par un rictus macabre ? Je touche fébrilement l'étrange visage de pierre, qui a quelque chose de byzantin ou de vénitien. Et je ne ressens rien, alors que je cherchais un peu de calme, de l'apaisement.

En quelle langue parle cette tête, et qu'a-t-elle à dire cette bouche du temps jadis, à nous dire ?

J'imagine Brodsky parcourant les rives de la côte baltique, lors du séjour qu'il fit à Palanga, une destination prisée en Union soviétique. Il ignore alors que son pays d'adoption sera les États-Unis et qu'il passera la plupart de ses hivers à Venise, la cité qui par ses canaux et certains édifices baroques lui rappelait sa Leningrad natale. C'est ce qu'on peut lire dans son *Acqua Alta*.

La station balnéaire lui a inspiré un poème, recueilli dans une longue suite lyrique intitulée « Divertissement lituanien », où il rend également hommage au café Neringa, à la rue

Liejyklos, autrement dit la « rue des Fonderies », dans l'ancien quartier juif, où une discrète plaque murale témoigne de ses séjours ici, et à l'église des Dominicains de Vilnius.

En introduction, il avait écrit cet hommage :

Humble pays. Pays des bords de mer.
Sa neige. Ses avions. Son téléphone.
Ses Juifs. Tout embruni, l'hôtel
du dictateur. Une stèle au poète
qui compara la Patrie à sa bien-aimée,
prouvant ainsi, plutôt que son bon goût,
qu'il savait sa géographie.

Et un peu plus loin :

Puis midi, le printemps ; flaques, nuages,
angelots innombrables sur les toits
des églises sans nombre : ici venu,
l'homme, s'il veut survivre à la cohue,
doit se changer en applique baroque.

Ce poème, je l'avais trouvé à Venise dans une anthologie poétique traduite en italien, où il côtoyait ses « Stances vénitiennes ». Je l'aimais déjà avant de découvrir Vilnius. Les deux villes commençant par la lettre V me sont depuis associées. Intimement.

On m'avait dit le plus grand bien du quartier d'Užupis, cousin balte de la centenaire république de Montmartre. On doit prononcer « Oujoupis », c'est-à-dire « de l'autre côté de la rivière ». Et c'est avec empressement et exaltation qu'on me l'avait recommandé. À trois reprises, je l'ai parcouru, franchissant pour la première fois avec un petit serrement au cœur le pont, ou plutôt la passerelle, qui surplombe la Vilnia aux eaux paresseuses et peu profondes, le lendemain de mon arrivée. Les Polonais l'appellent la Wilenka ou encore la Wilejka, la Vilnelè en yiddish. En contrebas des hautes berges, je note la présence discrète d'une sirène sculptée, émergeant d'une niche de pierre creusée dans la culée, sentinelle endormie depuis près d'un siècle et demi, attendant probablement un tumulte des flots.

Je remonte par la suite les rues déformées par de gros pavés ronds et polis, ou pentues, découvrant des cours intérieures de bâtisses plus ou moins crasseuses ou en déshérence, empruntant quelques passages marqués par une arche, visitant des arrière-cours désertes, avant de passer rapidement devant des galeries d'art moderne dépourvues d'intérêt.

Un des plaisirs du voyage est d'arpenter une rue, un quartier inconnus, faire demi-tour pour mieux les découvrir sous un angle de vue neuf, ou alors les aborder au petit matin, et y revenir le soir ou à la nuit tombée, pour les changements d'atmosphère et de rythme de la ville, les variations, les écarts et les ornements de la lumière, avec ses harmoniques plus ou moins douces, la physionomie transformée des visages. Ou comparer les sensations que procurent la même avenue, le même parc, le profil d'un pont, la forme d'un pilastre, entre les deux solstices, en pensant aux vestiges d'hier. Parfois s'y ajoute l'ambiance, quand elle en vaut la peine. S'offrir au langage d'un lieu, c'est cela.

Et s'y abandonner.

C'est là, auprès de la statue de l'ange d'Užupis embouchant une trompette, perchée sur une colonne, que se rassemblent la majorité des touristes et des visiteurs, entre les cafés avec terrasses et une supérette. D'autres se retrouvent un peu plus loin, rue Paupio, le long de grandes plaques de métal où a été gravé le texte de la Constitution de la république autoproclamée d'Užupis, en 1998, et traduit dans une quarantaine de langues, y compris l'espéranto, le vieux prussien, le yiddish et le sanskrit. Plus loin, on peut découvrir des galeries de peinture, des ateliers d'artistes, avec des airs de squats à ciel ouvert.

Ladite Constitution comporte un peu plus de quarante articles, brefs comme des slogans. Les premiers stipulent ceci :

1. L'Homme a le droit de vivre près de la petite rivière Vilnia et la Vilnia a le droit de couler près de l'Homme.
2. L'Homme a le droit à l'eau chaude, au chauffage durant les mois d'hiver et à un toit de tuiles.
3. L'Homme a le droit de mourir, mais ce n'est pas un devoir.
4. L'Homme a le droit de commettre des erreurs.
5. L'Homme a le droit d'être unique.
6. L'Homme a le droit d'aimer.
7. L'Homme a le droit de ne pas être aimé, mais pas nécessairement.
8. L'Homme a le droit de n'être ni remarquable ni célèbre.
9. L'Homme a le droit de paresser ou de ne rien faire du tout.

10. L'Homme a le droit d'aimer le chat et de le protéger.

C'est naïf et universaliste, c'est dans l'air du temps, ça touche à la sacro-sainte bohème, et ça ne mange pas de pain, comme on dit. J'ignore ce qu'en ont pensé ceux ayant été faits citoyens d'honneur ou ambassadeurs de l'*Užupio Respublika*, comme Jonas Mekas, Tomas Venclova, la romancière et traductrice francophile Ugnė Karvelis, deuxième épouse de Julio Cortázar, ou encore le dalaï-lama.

On dit que le pape François a béni *urbi et orbi* la Constitution de cette micronation de quelques milliers de citoyens, lors de sa visite apostolique dans les trois pays baltes. Je ne l'ai pas vérifié. Les catholiques en revanche n'ont pas oublié la venue en 1993 du souverain pontife Jean-Paul II en Lituanie, et son discours prononcé sur la colline des Croix de Šiauliai, où il avait également célébré une messe.

Avant la guerre, Užupis avait accueilli l'un des trois grands cimetières juifs de Vilnius, où reposaient en paix 70 000 défunts depuis le début du XIXe siècle, complètement détruits par la suite. Après l'avoir rasé, les maîtres d'œuvre soviétiques avaient utilisé dans les années 1960 les stèles et les pierres tombales brisées par les nazis pour construire, d'une part, la nouvelle Bibliothèque nationale et, d'autre part, un escalier menant au nouveau quartier situé sur la colline de Tauras. En y regardant de près, on peut déchiffrer les noms des défunts gravés dans la pierre. On y lit une mémoire assassinée par deux fois. Ce martyrologe des enfants des cendres est sans fin.

Je l'ai remarqué au cours de mes dernières pérégrinations, et l'expérience s'est avérée par la suite : les dernières heures passées dans une ville ou un lieu jusque-là inconnu, juste avant le retour et l'attente éprouvante sur un quai ou dans une aérogare, sont les plus propices, les plus réjouissantes pour l'œil et l'esprit, puisqu'on y erre de façon totalement désintéressée, et que le détachement est absolu. C'est ce que j'ai vécu l'année dernière, à Porto, Ouessant, Houat, Batz, et à Salonique, feue la « Jérusalem des Balkans ».

Inutile de chercher ce qu'on ne trouvera pas. « Je » n'est jamais un autre. Et pour cause. Rimbaud s'est trompé. Mais ça, on le savait déjà. Le corps est une contingence. *Je* sont les autres. *Je,* ce sont les autres.

Deux jours après les feux de joie de la Saint-Jean, fête de *Joninės*. Midi approche ; l'air est surchauffé. Le ciel, d'un azur monochrome. Je prends le frais dans l'église en briques des Bernardins, officiellement consacrée à saint François d'Assise. Pas un chat. Ça sent le bois ciré et la pierre. Les mots du Polonais Andrzej Stasiuk me sont revenus. Ils figurent dans *Mon Europe*, un recueil de récits composé avec son complice ukrainien Iouri Androukhovytch. J'ignore si ces deux-là ont visité Vilnius.

« Écrire, c'est énumérer des noms. C'est comme en voyage où le fil de la vie collecte les petites perles géographiques. Ni la lecture ni le chemin parcouru ne nous rendent beaucoup plus intelligents. Les frontières ouvrent des chapitres, les pays, des genres littéraires, les routes sont narration, les repos sont lyrisme. »

Voilà qui me fournit une bonne matière à réflexion et à méditation pour la reprise en main de mes textes en devenir, jusqu'à mon prochain séjour à Vilnius, au cœur de l'hiver, ou aux premières heures du solstice. Quand la neige recouvre la nuit, dès 16 heures. Une nouvelle fois, me purger, me dénuder l'esprit face aux décors, face aux visages inconnus, face à l'Histoire. Et me consoler. Dans l'intimité d'une ville, lentement. L'œil et l'oreille dressés. La bouche, ouverte. Pour dire la peau des choses exactement et fidèlement comme on les sent.

Et puis je me suis interrogé : Vilnius, ville sans port où tout paraît policé, bien ordonné, a-t-elle des bas-fonds, des lieux de perdition ? Un quartier des plaisirs, une zone chaude ? Des marges urbaines où l'on traîne sa misère et son désespoir ? Une chose est sûre : Vilnius n'est pas faite pour la nuit.

Je ne trouve pas d'autres mots : cette ville m'attache. Ainsi soit-il !

Sur la table où j'écris ces lignes, il y a un galet rapporté d'Ouessant, un sablier acheté dans une boutique de souvenirs à Kaunas, une touffe blanche de poils de chat, un portrait de famille encadré, un morceau d'ambre, jaune comme le couchant sur les îles bretonnes, la boussole de marin offerte par une vieille amie italienne, deux bougies de neuvaine.

Une brise s'invite par la fenêtre ouverte. Un claquement d'ailes. Je regarde le livre ouvert où les mots dansent et sautillent ; je tourne la page, ça danse encore et ça sautille toujours, avec des arpèges. Puis une autre page. Ça fait comme une sarabande endiablée, une drôle de gigue dans la mémoire. Mais pas un tango.

Le crépuscule est tombé en s'étirant, teintes violettes, striées de bleu. Je sors pour prendre l'air. Et je me dis que je n'ai pas connu la nuit à Vilnius, la très courte nuit d'été, quasi une nuit blanche. On la dit épaisse et rugueuse comme du granit. Plus particulièrement en hiver. La nuit : *naktis.*

Vilniaus naktį.

Et je ne savais plus à quelle langue me vouer.

LE SOLSTICE D'HIVER

Ce que je voulais, c'était la neige. Elle seule. Désirée, abondante, scintillante. Sur la terre comme au ciel, la neige. Je regarde par le hublot Nivôse à Wilno. Le commandant de bord a annoncé la température extérieure à Vilnius : moins cinq degrés. Elle est là. Des parcelles et des bancs de neige persistante, entre les touches orange et tremblées des chapelets de lumière, puis disparaissant dans la nuit. L'atterrissage est imminent. Bientôt 22 heures.

Je tourne le dos à l'entrée de l'aérogare où sont perchées depuis l'époque de Khrouchtchev sept statues représentant des aviateurs, des soldats et des ouvriers. Le réalisme dans tout ce qu'il avait de plus socialiste.

Mon cœur bat toujours à l'Est. Il y bat plus fort. Comment l'expliquer ? Je me sens déjà familier de la ville. Impatient des heures et des jours que je vais y passer.

La chambre qui m'a été réservée est blanche et nue, située sous les combles aménagés du troisième étage d'un hôtel, qui jadis abritait un couvent de carmélites, à deux pas de la porte de l'Aurore, le cœur catholique de la ville, et de l'église Sainte-Thérèse.

J'ouvre la fenêtre donnant sur une grande cour intérieure pavée aux murs jaunes : la nuit est incroyablement sereine, placide. Haut dans le ciel en camaïeu de bleu, la lune dans toute sa plénitude mensuelle. Sur ma gauche, à une cinquantaine de mètres, les clochers et les dômes ocre de l'église orthodoxe du Saint-Esprit, la plus grande de Lituanie, le toit tuilé du bâtiment attenant, rattaché à l'archevêché, si j'ai bien compris, abritant un foyer qui accueille des réfugiées ukrainiennes et plusieurs centres, dont un consacré à la famille, l'autre à l'enseignement religieux. Au loin, des bouquets d'arbres dégarnis, le profil de cheminées fumantes, et deux autres églises aux façades éclairées.

Le journal télévisé s'attarde sur l'inauguration, ce jour même, de la ligne de chemin de fer reliant directement Vilnius à Riga, distantes d'environ trois cent cinquante kilomètres, et ce en un peu plus de quatre heures. C'est le premier tronçon d'une ligne qui devrait à terme partir de Varsovie avec Tallinn pour terminus.

J'en aurais mis la main au feu : pas de minifrigo pour tenir au frais les provisions que je compte acheter sur place mais, dans le tiroir de la table de nuit, non pas une, mais deux éditions du Nouveau Testament. Un volume trilingue anglais-allemand-français à couverture bleue, et le *Naujasis Testamentas* écrit en lettres dorées sur fond noir, avec appareil critique, notes, cartes en couleur de la Judée-Samarie, de la Galilée, et un index détaillé. Ces volumes ont-ils jamais été ouverts, feuilletés, par les clients ? Leur présence m'importune et m'agace.

Pour en revenir au minibar, le rebord de la fenêtre fera très bien l'affaire pour accueillir les victuailles (salades de hareng et de chou, charcuterie, fromage en tranches, macédoine de légumes, fruits frais). C'est là que j'ai déposé les Nouveaux Testaments. Le bulletin météo annonce moins sept degrés pour la nuit prochaine. La température idéale pour une bonne chute de neige.

Mais là n'est pas mon souci. Loin de là. C'est que Svetlana est réapparue. La belle endormie s'est réveillée. Un coup de fil la veille de mon départ, tard le soir. Sa voix était lointaine, traînante, presque désagréable à l'oreille. À n'en pas douter, Svetlana était soit à moitié ivre, soit défoncée. D'où appelait-elle ? Dans quel recoin du monde avait-elle trouvé refuge ? Elle ne répondait pas à mes questions ou me coupait la parole. Pire : ses propos étaient quasi incohérents, évoquant un laboratoire clandestin en Guyane, Gdańsk où elle aurait échappé de peu à la mort, un night-club de Las Vegas, un enfant mort en bas âge… Ce n'était plus la femme que j'avais tant aimée. Quand j'ai pu enfin en placer une pour lui dire que je partais le lendemain à Vilnius, que j'avais autre chose à faire que l'écouter, tout ce qu'elle a su me dire, c'est : « Encore là-bas ! Tu as donc trouvé une nouvelle Terre sainte ? » Elle a ajouté : « Tu es seul ? Dans quel hôtel as-tu réservé ? » Je lui ai répondu que je logerai probablement au Domus Maria. J'ai cru entendre, après des mots ou des jurons probablement en lituanien : « J'arrive. Fais-moi une petite place. Attends-moi ! Et penses-y : le soir se fait sans violence et la danse que tu sais se défait en silence. » Et elle a raccroché.

Le lendemain, moins d'une heure après m'être installé dans la chambre mansardée, on frappe à la porte. Trois coups secs, puis deux coups espacés. Je retiens mon souffle. « Svetlana, c'est toi ? » Pas de réponse. À nouveau : trois coups secs, suivis de deux coups... Puis un bruit sourd, comme celui d'un sac qui tombe, accompagné d'un grognement. Lentement, j'ouvre la porte. Face à moi, une femme agenouillée ramassant clés, téléphone portable, bâton de rouge à lèvres, porte-cartes. La jolie rousse relève la tête, et bafouille en mauvais anglais à l'accent déplaisant : « Excusez-moi, je crois que je me suis trompée de chambre. Bonne nuit quand même. »

Mais pourquoi diable ai-je donné le nom de l'hôtel à Svetlana ? Elle est capable de tout, même de débarquer à l'improviste. Au cœur de la nuit si la fantaisie lui en prenait. Aucune de ses extravagances ne m'avait été épargnée.

Pour moi, l'histoire est bel et bien finie, malgré les picotements et les inévitables serrements de cœur qui ne manqueront pas de troubler mon sommeil cette nuit. L'amour n'est plus, mon amour.

J'étudie toutes les hypothèses, les conjectures, excluant finalement une irruption intempestive de Svetlana, ici même, après avoir envisagé de changer d'hôtel dès le lendemain matin.

Le ciel s'est assombri, la température a baissé. Poussés par un vent d'ouest, les nuages tirant sur le violet ont découvert une lune plus grasse, plus brillante aussi. Une nuit de conte de fées, de légende balte. Dans quel nouveau rêve vais-je tomber, ou sombrer ?

Je flâne dans les recoins les plus calmes de la ville. Surprenant là une façade crémeuse évoquant l'empire des Habsbourg, ici des balcons dans le goût italien, plus loin l'entrée de ce qui fut un palais à colonnes doriques. Le bruit des pas sur les feuilles sèches et froissées, durcies par le givre. Les miens, ceux des passants.

Noël n'est pas simplement une fête familiale ou chrétienne mais une célébration, un hymne de joie, d'allégresse et d'espoir. Les rues, les portails et les vitrines des quartiers animés sont décorés de guirlandes clignotantes, de grosses pommes d'amour, de boules d'argent et d'étoiles surdorées, de bâtonnets de sucre d'orge, de branches ou de couronnes de sapin rehaussées de nœuds rouges en velours, de Pères Noël lilliputiens. Des lampions lumineux suspendus par dizaines, rue Stiklių et dans les environs. Voir tout cela, dans sa touchante profusion d'ornements, suffit à mon bonheur, avec une pointe de griserie. Mais ce n'était pas l'enchantement, le pur émerveillement, connus enfant dans un village enneigé des Vosges où je passais chaque Noël en famille. On ne regrette jamais assez sa jeunesse. Cette capacité d'admiration naïve, mêlée de surprise, s'est hélas émoussée sur le fil du temps. Tout comme l'accueil spontané de la joie. Tout doucement.

Ici ou là, une Fée Dragée ou d'autres personnages sortis de *Casse-Noisette* ou d'un conte d'Andersen apparaissent dans les vitrines embellies, entre les pommes de pin, un cerf en peluche, un Père Noël bedonnant, et ce qu'on appelle un « jardin de paille », sorte de mobile décoratif, léger comme l'air, construction géométrique issue de l'artisanat traditionnel, en paille de seigle. Près de la cathédrale, face au grand sapin illuminé de la ville, inauguré en grande pompe il y a trois semaines, la foule des familles et des couples se presse et se prend en photo devant la crèche grandeur nature, exposée en plein vent, à deux pas.

À quoi ressemble le printemps ici, les premiers jours d'avril, avant Pâques et Pessah ? Et quelles sont ses couleurs ? Le fond de l'air est-il déjà plus doux sur la peau ? La lumière a-t-elle des échos inédits sur les pierres et les clochers, offrant de nouvelles variations dans le manège des quatre saisons ? Le ciel aurait-il ce bleu épais que l'on peut voir à Venise ou à Bratislava dès le retour des beaux jours ?

Elle s'appelle Lina. Son patronyme est difficilement prononçable pour un étranger : Šlipavičiūtė. C'est la femme la plus vive, la plus naturellement enthousiaste et sans doute la moins introvertie que j'aie rencontrée à Vilnius. La quarantaine à peine sonnée, des yeux très clairs, les pommettes hautes, Lina m'a donné rendez-vous au café du MO Museum, un bâtiment moderne de style fin XXe siècle, début XXIe, comme on en voit un peu partout dans les capitales occidentales. Arrivé en avance, comme à mon habitude, j'en profite pour visiter l'exposition consacrée au meilleur roman lituanien contemporain : le mythique *Vilnius Poker*.

J'ai sollicité la rencontre après avoir vu l'été dernier ses saisissantes fresques murales dispersées dans les rues de l'ancien ghetto. Dans cette série qu'elle a appelée *Les murs se souviennent*, elle a mis en scène, selon la technique du pochoir, des Juifs de tous âges pris dans leur quotidien, d'après des photos datant des années 1910 à 1930. Notamment celle d'un vieillard barbu vêtu d'une grande redingote et coiffé d'un *spodik*, qui apparaît sur une façade décrépie, près de l'ambassade de France, de musiciens des rues, et ces deux jeunes marchands ambulants de journaux, dont l'un est déchaussé. Particularité : chacune de ses œuvres, datant de 2019, est accompagnée d'un QR code qui permet de visualiser une carte et de découvrir la photo d'origine, avec son titre. Celui du vieil homme est *Le Sage*.

« Pour faire revivre la mémoire juive de la ville et sa riche tradition culturelle, j'ai délibérément choisi ce qu'on appelle l'esthétique du graffiti ou la démarche du street art, pour toucher le maximum de personnes, et aussi bien les habitants de Vilnius que les touristes étrangers, et parmi eux, les jeunes générations, plus sensibles à cette forme d'art. Les plaques commémoratives, les œuvres exposées dans les galeries ou les musées, c'est très bien, mais ça ne suffit pas. Il fallait également rappeler que ce monde juif a été effacé à deux reprises : par les nazis, avec une violence inouïe, puis par les Soviétiques qui ont fait disparaître jusqu'à la mémoire de cet univers qui avait été florissant pendant des siècles », m'explique-t-elle.

Elle poursuit sur le même thème : « Les générations de Lituaniens qui ont connu ces drames de près ou de loin ont longtemps été dans le déni. Le déni de la collaboration de certains Lituaniens, nourri par les communistes, qui nous avaient instillé la peur. Mais aujourd'hui, les plus jeunes, ceux qui ont grandi en démocratie, avec une nouvelle mentalité, n'ont pas peur de se pencher sur les pages les plus sombres de notre histoire, celles du trauma de l'Holocauste, d'admettre nos erreurs ou nos égarements passés et d'en tirer des leçons. Je pense que c'est très sain pour l'ensemble de la nation. »

Fille d'artistes spécialisés dans le vitrail, restauratrice de formation, fresquiste et mosaïste, Lina a précédemment, à la fin de ses études à l'académie des Arts, participé à la restauration collective de la fresque du monastère des Bernardins consacrée à l'archange saint Michel, dont le visage avait complètement disparu, emporté par le temps.

« Je parlais tout à l'heure de graffiti. Mais il est clair que ma démarche et mon travail n'ont rien d'éphémère : je travaille sur la mémoire, donc la résistance au temps, la guerre contre l'oubli. Pour moi, c'est essentiel. Et restaurer, c'est aussi ressusciter un monde perdu. C'est à l'image de Vilnius, une ville décidément pas comme les autres, composée d'une multitude de couches historiques, de strates culturelles et linguistiques, certaines prenant le pas sur les autres, à travers les siècles qui souvent se chevauchent et s'entremêlent. C'est ça aussi qui la rend si fascinante. »

Je lui montre le catalogue consacré à *Vilnius Poker*, vu et interprété par des artistes contemporains. « C'est un livre très dérangeant et qui peut mettre le lecteur mal à l'aise : il mettait le doigt, et même les mains, sur des plaies toujours très sensibles. Je pense qu'il restera d'actualité pendant des décennies, pour la bonne raison qu'il touche profondément au subconscient de notre société, et expose des choses que beaucoup d'entre nous préféreraient nier ou oublier. »

Elle poursuit, entre deux gorgées de thé noir : « Il a été publié au moment où la Lituanie allait connaître un tournant historique avec la restauration de notre indépendance. Et certains Lituaniens n'aiment guère être dérangés ou bousculés. Nous avons à la fois une tradition de résistance, de lutte et de combat, et une tendance à un certain conservatisme. Ce côté conservateur s'explique notamment par le fait que nous sommes un petit pays, terrorisé par des décennies, et même des siècles, d'isolement et de contrôle de l'Empire russe, puis de l'Union soviétique. »

Je l'écoute attentivement, malgré la musique idiote diffusée par les enceintes qui fait la joie des gamines maquillées installées à la table voisine, tout en prenant hâtivement des notes, sans la quitter du regard. Son sourire est naturel, ses yeux pétillent, non pas par intermittence mais en permanence. Puis, c'est son tour de me poser des questions, ça l'amusait. On s'installe donc dans un dialogue fifty-fifty. C'est ce que je cherchais, avec la confiance mutuelle en plus. Parfois, elle cherche ses mots, se reprend, s'excuse. Elle m'interrompt, me dit que le temps file, qu'elle doit se rendre à son cours de yoga. Allez, encore une ou deux questions... Elle a – qualité rare – une spontanéité, une fraîcheur généreuse doublée d'une modestie, qui font plaisir à voir et entendre.

En 2022, elle a réalisé une ambitieuse et spectaculaire fresque de plus de deux cents mètres carrés, sur le bâtiment du projet abandonné de « Maison de Moscou » dans le nouveau quartier des affaires. Œuvre intitulée en ukrainien *Do Peremogi* (*En route pour la victoire !*). Y apparaît dans un réalisme saisissant une jeune Ukrainienne revêtue du costume traditionnel, coiffée d'un spectaculaire *vinok* fleuri, d'après une photo de Tatyana, une jeune bénévole travaillant au centre de réfugiés de Zaporijia.

En juillet 2023, au moment du sommet de l'OTAN à Vilnius, Lina avait réuni trois photographes ukrainiens pour témoigner de la guerre et des victimes civiles. Leurs clichés – agrandis – étaient affichés dans un passage souterrain fréquenté, à quelques encablures du palais des congrès LITEXPO où s'étaient réunis les chefs d'État et de gouvernement membres de l'Organisation du traité de l'Atlantique Nord, ainsi que le président Volodymyr Zelensky, invité d'honneur. L'exposition éphémère était intitulée *L'Ukraine est là*. On y voyait de jeunes soldats mutilés, des Ukrainiens de tous âges allongés dans des abris antiaériens, des gosses jouant au milieu de ruines apocalyptiques, une vieille dame évacuée des ruines par deux pompiers, une personne pleurant de désespoir et de douleur devant un des charniers d'Izioum, où plus de quatre cents cadavres de civils avaient été découverts, dont ceux de cinq enfants, tous massacrés ou torturés par l'armée russe en 2022.

Toujours en 2023, cette activiste, comme elle se définit, a poursuivi son travail avec la coédition d'un ouvrage recueillant une quinzaine de témoignages et de portraits dessinés de réfugiées ukrainiennes, de tous âges, sous le titre *Échappées de l'enfer*. « C'est incroyable comme ces femmes, veuves, sœurs, mères, épouses, filles, se sont ouvertes à la confidence malgré les traumas, avec un naturel dans le propos, et un sens de la vérité absolument incroyable, et ce, au bout de quelques minutes seulement. C'était une expérience unique, bouleversante. Il fallait raconter la guerre d'une autre manière, pour toucher davantage de gens. C'est ce que je voulais, à travers cette mosaïque de mots, de visages, de souffrances, de peurs et de regards. »

Parmi ses projets en cours, Lina pense à une peinture murale en hommage à Marc Chagall, le peintre litvak qui a grandi de l'autre côté de la frontière, à Vitebsk. En nous quittant, sur le trottoir givré de la rue Pylimo, elle a eu le mot de la fin : « Notre histoire, notre mémoire et nos valeurs sont et seront toujours au centre de mon travail. »

Pour que le passé ne se perde pas.

Ma mémoire ne me fait pas faux bond. Non, elle fait bien pire : la mécanique de la boîte à souvenirs s'est enrayée dans un court-circuit où ils ont fondu, cramé. En vain, je cherche des points d'appui, des références, des balises, des remémorations à quoi me raccrocher. Impossible de retrouver le nom de cette église des Pouilles dont le portail était flanqué de deux squelettes dressés, se faisant face, ou la couleur exacte de la Baltique et le râlement de ses vagues, au nord de Tallinn, le jour de mon anniversaire, il y a quatre ans, et encore moins le goût de mon premier bortsch, préparé par Svetlana, et jusqu'au fantomatique carillon des cloches sur les îles d'Aran, qui m'avait tant ému, comme si une voix venue de je ne sais où me soufflait : « Dans le présent tu resteras. Dans un substitut du présent. » Et à peine les mots pour le dire.

Les uns ont besoin des autres, dans un désir exclusif, parfois partagé avec son prochain ; moi j'ai le besoin des choses du monde, de m'y frotter. De ces choses qui m'emplissent, et de moments privilégiés.

Où est mon au-delà, et à quoi ressemblerait-il ? Cette double question, je ne me l'étais jamais posée. Il a suffi que je vienne en Lituanie pour qu'elle s'impose. Cette interrogation, je la laisserai toutefois à la frontière. Elle est très bien où elle est, là où elle est née, avec ses vibrations. Nous croyons plus que nous ne savons. Et ce depuis toujours.

Le passé serait alors le temps du rêve, ou celui du cauchemar, selon le côté de l'histoire où l'on se place. La mémoire du passé me manque.

Il était prévu que je rencontre Tomas Venclova en octobre dernier. Il devait présenter à Paris la traduction de sa riche autobiographie, sous forme d'entretiens, *Nord magnétique.* Âgé de quatre-vingt-six ans, la fatigue et la maladie l'en avaient empêché. Je l'ai donc contacté, et nous avons échangé par e-mail. J'ignorais qu'il était revenu vivre à Vilnius depuis quelques petites années, après avoir longtemps enseigné aux États-Unis, à l'université de Yale. Il avait été le premier, au milieu des années 1970, à dénoncer publiquement le rôle des collabos lituaniens dans le processus d'extermination des Juifs. À la même époque, il adresse une lettre ouverte au comité central du PC lituanien dans laquelle il dénonce le système soviétique et les ravages de l'idéologie communiste. Le 25 janvier 1977, ce militant des droits de l'homme, membre du groupe d'Helsinki, était expulsé d'Union soviétique, puis déchu de sa nationalité.

Entre mes deux séjours à Vilnius, j'avais lu et annoté, ou repris en main ses rares livres traduits en français ou en anglais, dont un brillant essai historique sur Vilnius, et une anthologie de poèmes. J'avais également appris que l'ancienne maison familiale avait été transformée en musée, consacré à la fois à son œuvre et à son père, éphémère ministre de l'Éducation de la république socialiste soviétique de Lituanie en 1940, puis reporter de guerre et député du Soviet suprême.

À ma première question, il avait répondu ceci : « Dans l'esprit de nombreux Français – je crois – l'image de la Lituanie est liée à la nouvelle de Prosper Mérimée, *Lokis*. C'est-à-dire un pays exotique et pauvre, situé en marge du monde civilisé, où la frontière entre nature et culture est quelque peu floue. Le seul roman qui a récemment rencontré un certain succès auprès des lecteurs français est *La Saga de Youza* de Juozas Baltušis, un écrivain lituanien soviétique qui a perpétué la même vision stéréotypée, celle d'une terre de marécages et de forêts primitives habitées par des gens rustres, qui correspondent plus ou moins au cliché du "bon sauvage". Dans tous mes livres, y compris dans *Nord magnétique*, j'ai essayé de montrer la Lituanie telle qu'elle est réellement, à savoir un pays marqué par un destin tragique, isolé pendant des décennies, mais faisant indubitablement partie de l'Europe, partageant ses valeurs et ses objectifs. Je me suis également efforcé de brosser un tableau réaliste et non simpliste de la vie soviétique et de la résistance à la stérile idéologie communiste ; je parle là de mes essais, la poésie étant un domaine à part. »

Quand je lui ai demandé s'il était possible de résumer la Lituanie en quelques mots, il m'a simplement dit : « C'est un pays excentrique et capricieux, et par là même intéressant... » Ajoutant, à propos de Vilnius : « Elle a toujours été une ville de mémoire – parfois tragique, parfois grotesque, mais racontant incontestablement quelque chose. »

Il a enchaîné les réponses en commentant la guerre en Ukraine et les pogroms perpétrés par les islamistes du Hamas, le 7 octobre dernier en Israël : « Le Mal, hélas, fait partie intégrante de notre vie, de notre histoire. Les idéologies vénéneuses, qu'elles soient impérialistes, nationalistes ou pseudo-religieuses, ainsi que les horreurs qui en découlent, accompagneront pendant longtemps notre futur. Je ne vois qu'un remède à cela – même s'il s'avère insuffisant –, c'est la promotion inlassable des pratiques démocratiques, et des meilleurs moyens de les diffuser. Ainsi, la règle d'or de tout écrivain digne de ce nom devrait être : *primum non nocere*, c'est-à-dire ne jamais prononcer ou écrire un mot qui pourrait encourager un massacre ou tout type de mensonge. »

À propos des douleurs et des horreurs du passé, notamment celles liées à la Seconde Guerre mondiale, aussi bien du côté nazi que du côté soviétique, il a ensuite ajouté : « L'héritage juif et la compromission de certains Lituaniens dans l'Holocauste sont des sujets qui continuent de diviser, et certaines attitudes ou remarques antisémites latentes refont surface de temps à autre, même si le travail d'honnêtes intellectuels lituaniens semble y remédier dans une certaine mesure. Quand je suis retourné vivre à Vilnius en 2019, une ville à la merveilleuse architecture baroque et à l'étonnante multiplicité de cultures, j'ai eu le sentiment que la mémoire des victimes du ghetto était désormais, et cela ne fait absolument aucun doute, honorée de façon bien plus marquée qu'il y a dix ou vingt ans, même s'il reste beaucoup à faire.

Enfin, je voudrais revenir sur les terribles tragédies de la Seconde Guerre mondiale et de la période qui a suivi. Les crimes communistes et les crimes nazis sont incontestables, mais de nature différente. Si les nazis ont mis en œuvre un génocide au sens strict du terme, les Soviétiques se sont livrés pour leur part à ce que j'appellerais le *stratocide*, à travers des répressions, et parfois des éliminations physiques de certaines couches sociales, mais pas nécessairement des groupes ethniques.

De nombreux hommes politiques ou journalistes lituaniens confondent les mots, qualifiant ce *stratocide* de génocide. Et cela a contaminé le langage officiel. En outre, il existe un préjugé avéré et dangereux : les crimes communistes sont considérés comme un mal absolu, et les crimes nazis comme une simple réponse à ce mal, et par conséquent comme un mal relatif.

Bien entendu, pour la victime d'un crime, la différence peut paraître négligeable, mais pour un historien, un juriste ou un homme politique, elle doit répondre à une définition stricte. Toute confusion relève de la contre-vérité. J'ai beaucoup écrit sur ce sujet, mais avec un succès limité. »

Bien sûr, j'avais envisagé de solliciter un entretien *in vivo*, chez lui à Vilnius. Me l'aurait-il accordé, bon gré, mal gré ? Finalement, j'y ai renoncé, par peur sans doute. Peur d'être maladroit dans la formulation de mes questions, peur de ne pas être à la hauteur, de n'être qu'un simple voyeur face à un homme et poète qui s'était battu contre le totalitarisme, les nationalismes et les idéocraties, qui avait bien connu Akhmatova, Pasternak à la fin de sa vie, Brodsky, Miłosz, et Nadejda, la veuve de Mandelstam.

À mes yeux, ce polyglotte incarnait le parfait humaniste européen, dernier grand témoin d'un continent longtemps divisé, aux cartes brouillées. Pourtant, c'est là qu'aujourd'hui bat le cœur de l'Europe, à l'est de Prague, à l'est de Vienne, à l'est de Zagreb, et non plus à Paris, La Haye ou Bruxelles. Et que m'aurait-il dit de plus que ses livres ? Dans l'un d'entre eux, j'avais extrait la phrase suivante : « Le totalitarisme menace en premier lieu les dimensions temporelles de l'humanité ; si nous voulons avoir un futur, il faut que nous ayons un passé. » Sentence qui me renvoyait à ses deux vers :

Le passé ne nous éclaire pas mais il essaie pourtant
de nous dire quelque chose.

Dans son recueil de poèmes *Dialogue d'hiver*, Tomas Venclova a placé en guise d'épilogue un long échange en prose avec Czesław Miłosz, où les deux poètes devisent sur leurs souvenirs de Vilnius pour l'un, Wilno pour l'autre. Le texte, écrit par Venclova lors d'un séjour à Venise, mêle confession intime et réminiscences historiques. Réfractaire à l'appel puissant de la nostalgie, il avoue qu'il pourrait parcourir la ville, le labyrinthe des ruelles, les yeux bandés, pris dans ses pensées, et trouver sans problème son chemin. Désormais dissident officiel, Venclova sait que cet exil sera long, et déjà il redoute de ne pouvoir reconnaître sa chère Vilnius à son retour. À l'exception de cette couleur particulière du ciel vilnois, même en hiver, de la forme des nuages, et de la douce nuit qui marche, au-dessus des flots de la Néris et de la Vilnia.

Petit à petit, j'enrichis mon vocabulaire, soigneusement recopié dans un petit carnet à spirale, pour éviter que la mémoire me joue des tours. Moins pour apprendre que pour me familiariser avec la sonorité des noms, ou pour souligner quelques singularités, plaisantes à l'oreille. En lituanien, le soleil est féminin, et la lune a pris le genre masculin, comme en allemand ou en polonais. Au lexique de base (bonjour, merci, excusez-moi, s'il vous plaît, oui/non), j'ai ajouté les mots suivants :

Sniegas : neige

Šalta : froid (prononcer « chalta »)

Eglė : sapin

Medus : miel

Karas : guerre

Pinigai : argent

Moteris : femme

Burna : bouche

Mėlyna : bleu
Dangus : ciel
Arbata : thé
Gėlė : fleur
Lenkija : Pologne
Pomidoras : tomate
Vyšnia : cerise (comme en russe)

En parcourant mes notes, prises en me promenant ou en lisant, je tombe sur celles extraites d'un petit livre illustré acheté sur place, au Centre d'études sur le génocide et la Résistance. Il est consacré aux déportations de masse en Sibérie et au-delà du cercle arctique. Celles-ci avaient débuté dès 1940 et repris entre 1944 et 1953, année de la mort de Staline. Les chiffres sont précis, vertigineux. Le bilan fait état de 132 000 déportés dans des camps de travail ou des villages perdus où l'hiver dure six mois. Parmi eux, 70 % de femmes et d'enfants de moins de seize ans, oui : 39 000 enfants, dont beaucoup deviendront orphelins. Toujours selon l'ouvrage, près du tiers de ces déportés sont morts de faim ou d'épuisement. Et durant la même période, environ 150 000 Lituaniens ont été déportés au goulag.

Revenant sur la première vague de déportations, photos terribles à l'appui, les auteurs du livre précisent qu'entre le 14 et le 18 juin 1941, soit deux mois avant la mise en place des ghettos de Vilnius et de Kovno par les nazis, les Soviétiques avaient arraché à leur terre natale environ 17 000 citoyens, y compris femmes et enfants, entassés dans des wagons à bestiaux, à destination des camps de Gorki, de Krasnoïarsk, de la région de Tomsk, ou jusque dans les montagnes de l'Altaï, ainsi que dans le sud de la Sibérie. En moins de dix ans, ce nettoyage ethnique aura coûté la vie à 30 000 Lituaniens, morts d'épuisement, de froid ou de faim. En 1946, 250 orphelins environ ont été rapatriés en Lituanie.

Si on fait un calcul rapide, on s'aperçoit qu'en Lituanie les communistes ont davantage déporté que les nazis.

Durant cette période, la résistance antisoviétique s'est organisée sous forme de brigades réunissant, dès 1945, 30 000 partisans armés et entraînés, revêtus d'uniformes, qui avaient déjà combattu l'occupant allemand. Elle durera jusqu'en 1953, constituant la plus longue guérilla sur le sol européen au XXe siècle, forte de quelque 50 000 hommes et femmes, soutenus par une large partie de la population. Durant plus de neuf ans, ces « frères de la forêt », comme on les a appelés, ont multiplié les embuscades, les attaques, les sabotages, les attentats et les combats directs contre les forces du NKVD ou de l'Armée rouge, sous l'autorité du haut commandement de l'Union des combattants de la liberté. Sans le soutien des pays de l'Europe de l'Ouest, restée silencieuse, privé du soutien des paysans après la collectivisation forcée, ce combat perdu d'avance aura fait plus de 30 000 victimes dans leurs rangs.

Je ne compte plus le nombre de fois où j'ai écouté cette chanson. Le soir, de préférence. Un air mélancolique et doucereux, qui ne supporte pas la lumière du jour. Une mélodie simple, apaisante, de celles qu'on ne veut que pour soi, dans les parages du silence recueilli. Ce n'est pas Svetlana qui me l'a fait découvrir, mais une Estonienne volubile et extravagante, au visage divin, prénommée Gerli, rencontrée il y a trois ans à New York, précisément à Long Island, au moment du mariage de mon frère, le temps d'une brève histoire sentimentale, avant l'éclipse du bonheur. Elle confondait l'amour avec le sacrifice, le passé avec les réminiscences : avait-elle tort ?

Cet air, Gerli le fredonnait juste avant de s'endormir, une fois la lumière éteinte, parfois au milieu de la nuit, quand un mauvais rêve la tirait du sommeil, effrayée. Elle n'en connaissait pas les paroles. Seulement le titre : *Les deux petites colombes*.

En repensant à cette passion éphémère à Long Island, je me suis mis à chercher les origines de la chanson. Il s'agit d'une mélodie chantée en yiddish, très populaire dans les années 1930 et pendant la guerre, en Lituanie, à Varsovie et à Łódź, au même titre que d'autres airs tels que *Le printemps* ou le *Yiddish Tango*. Cette *Tsvey Taybelekh* raconte l'histoire d'un couple de jeunes amoureux dont l'idylle est troublée par un importun qui parviendra à les séparer à jamais.

Quand tu arriveras dans une ville étrangère, amour,
Souviens-toi de mes paroles.
Et quand tu voleras au-dessus de l'océan, amour,
Ne te noie pas à cause de tes malheurs.
Et quand tu arriveras dans une ville lointaine, amour,
Souviens-toi de mes paroles.
Et quand tu voleras au-dessus d'un feu, amour,
Ne te brûle pas à cause de tes malheurs.

C'est la soprano colorature Liuba Levitska, connue également sous le nom de Lyube Lewitska, Luba Levitskaya ou encore Lyuba Zublewicka, née en 1909, ancienne élève du Conservatoire de Vienne, qui l'a popularisée à Vilnius. Surnommée « le Rossignol du ghetto », elle excellait dans *La Traviata, La Bohème*, les lieder de Schubert, les romances de Tchaïkovski, et des chansons légères qu'elle interprètait également à la radio. Hélas, il n'existe à ma connaissance aucun enregistrement de ses prestations.

D'elle, on ne connaît qu'une seule photo, un plan serré. Elle a le visage rond et plein, le sourire naturel, les sourcils bien dessinés en arcs parfaits, les cheveux mi-longs séparés par une mèche sur le côté. De façon troublante, Liuba me rappelle ma grand-mère paternelle, telle qu'elle apparaît dans un portrait pris à Paris dans les années 1930, le sourire et la grâce en moins. Cette mamie ne m'aimait pas vraiment, et moi non plus ; son existence sera marquée par une autre série de drames.

On sait relativement peu de choses de Liuba, sinon grâce aux divers témoignages admiratifs ou aux souvenirs douloureux rapportés par les survivants de la Shoah dans leurs journaux intimes ou mémoires sur le ghetto. Parmi eux, ceux d'Avrom Sutzkever, du Polonais Herman Kruk, directeur de la bibliothèque du ghetto, d'Yitskhok Rudashevski et de la jeune Macha Rolnikaitė, rescapée du camp de Stutthof, sont sans conteste les plus terribles, les plus poignants et les plus édifiants.

Le théâtre du ghetto de Vilnius est clandestinement inauguré le 18 janvier 1942, rue Strashun, rebaptisée depuis rue Žemaitija, artère où se trouvait la plus grande bibliothèque juive d'Europe, attenante à la Grande Synagogue. Une soirée organisée avec la complicité du Judenrat, le conseil représentatif de la communauté hébraïque contrôlé par les nazis. Le public est au rendez-vous, où s'étaient glissés quelques mouchards. Tout au long de l'année 1942, le théâtre, aménagé dans la grande salle de l'ancien lycée, accueillera quelque cent vingt manifestations culturelles, conférences, tables rondes, expositions ou concerts, attirant près de quarante mille spectateurs. Et au 31 décembre de la même année, la grande bibliothèque du ghetto aura fêté son cent millième ouvrage emprunté, événement accompagné d'une exposition, approuvée par le Judenrat.

La soirée, à laquelle assistait le futur chef lituanien de la police et de l'administration du ghetto, le collabo Jacob Gens, accueille un large public venu aussi bien pour pleurer les proches assassinés à Ponary que pour tromper le chagrin et conjurer la terreur. Se succèdent sur la scène des musiciens, dont l'un interprète Chopin au piano, des comédiens venus jouer des saynètes du théâtre yiddish et une adaptation scénique d'une nouvelle de Stefan Zweig, *Rachel contre Dieu*, puis une chorale interprétant des poèmes de Bialik, et Liuba, grande vedette de l'événement, à qui on reprochera plus tard d'avoir osé chanter et danser sur un cimetière.

Cette petite femme fragile, vêtue d'une longue robe noire, a interprété des airs d'opéra, une lamentation mélodieuse et profonde sur les Juifs du ghetto, *Yisrolik* (*Petit Israël*), ainsi que les mélodies folkloriques *Di Nakht*, *Zamd un Shtern*, une berceuse dédiée aux enfants de la chorale du conservatoire qu'elle animait, et *Tsvey Taybelekh*, qu'elle a chantée, comme elle n'a jamais chanté, au bord des larmes, les bras croisés sur sa frêle poitrine, où elle avait accroché un œillet rouge sang, en pensant aux martyrs de Ponary, aux proches qui ne reviendront pas, toujours plus nombreux. Le sang veut du sang. Gonflant la cohorte des spectres.

Quelques jours plus tard naissait dans les sous-sols de la grande bibliothèque de la rue Strashun le FPO, composé de militants sionistes et de combattants communistes, dont Abba Kovner, avec le mot d'ordre suivant : « Ne nous laissons pas mener à l'abattoir comme des moutons. » En 1961, Kovner témoignera au procès d'Eichmann à Jérusalem, tout comme le médecin Marek Dworzecki, rescapé du ghetto de Vilnius et des camps de Vaivara et de Natzweiler-Struthof.

« Murer a une fois encore, pour ne pas changer, fait un malheur. De nouvelles victimes lui sont tombées sous les crocs. La chanteuse Liuba Levitska, avec un autre de la Schneiderstube, a rapporté des pois secs dans le ghetto. Juste à ce moment-là, Murer arrive en voiture. Il leur ordonne de s'arrêter. Ils se mettent à courir. Revolver à la main, il les attrape et leur demande d'où ils viennent. Levitska répond qu'elle vient de la cuisine de la Schneiderstube où elle travaille, avec des pois. Murer a intimé à la police juive de leur donner à chacun vingt-cinq coups de fouet. »

Quand le jeune Yitskhok Rudashevski consigne dans son journal clandestin la violente arrestation de Liuba, rue Rudniska, le 14 janvier 1943, pour deux ou trois livres de pois secs rapportés de l'atelier de confection où d'ailleurs travaillait son père, il ignore que la chanteuse entamera un long calvaire, tout comme il ignore qu'il sera lui-même exécuté le 1er octobre 1943, dans une clairière de Ponary, à quinze ans à peine. L'Oberscharführer sadique et vicelard Franz Murer, né en 1912 à Sankt Georgen en Autriche, surnommé le « boucher de Wilno », un des maîtres d'œuvre des massacres de Ponary, finira son existence paisiblement quatre-vingt-deux ans plus tard, en 1994, loin de la Lituanie et des terres de sang, dans la campagne styrienne. Loin du temps où un médecin de Vilnius avait déclaré : « La seule évocation de son nom semait la terreur dans le ghetto. »

Traqué par le chasseur de nazis Simon Wiesenthal, à nouveau arrêté, puis jugé en juin 1963 à Graz pour « meurtres et mauvais traitements ayant entraîné la mort de Juifs soviétiques en tant que membre dirigeant du commissariat régional de Vilnius », Franz Murer a été acquitté à l'unanimité du jury, au terme d'un procès bâclé, et dénazifié en quelque sorte, sous les applaudissements de l'auditoire, et les acclamations de la foule qui l'attendait à la sortie, bouquets de fleurs à la main. Auparavant, en 1948, il avait été condamné par un tribunal militaire soviétique à vingt-cinq ans de travaux forcés, soit la peine maximale, puis remis en liberté en 1955, à la suite du traité d'indépendance signé entre l'Autriche et les puissances alliées occupantes.

Lors de son procès à Graz, il bénéficia du soutien des élus locaux, d'une partie de l'opinion publique et de la presse autrichiennes, ainsi que de celui de son fils Gerulf Murer, futur cadre dirigeant du FPÖ, parti fondé par d'anciens nazis. Niant les accusations de meurtre de Juifs, il s'est présenté comme le rouage d'une administration, un employé zélé obéissant aux ordres, un simple exécutant. En quelques années, on était passé de l'amnésie à l'amnistie : longtemps dans le déni, les Autrichiens pouvaient donc se considérer comme des victimes.

Les 37 témoins cités, venus d'Allemagne, d'Israël ou des États-Unis, dont les propos étaient parfois mal traduits, ont été moqués ou humiliés, aussi bien par l'assistance que par les huit membres du jury populaire, profitant des failles et des contradictions de la mémoire. On les a accusés de mensonge, d'avoir été manipulés et d'être les agents étrangers d'une conspiration contre Murer. Parmi ces témoins se trouvait Tova Rajzman, rescapée du ghetto de Vilnius, qui fit le récit, sans pouvoir retenir ses larmes, de l'assassinat de sa sœur Chaja par Murer, abattue sous ses yeux. Le président du tribunal l'interrompit avec ce rappel à l'ordre : « On ne pleure pas dans une salle d'audience ! »

C'est l'époque de la deuxième vague des procès nazis, dont le plus retentissant fut celui d'Adolf Eichmann, qui finit au bout d'une corde en 1962, à Jérusalem, suivi de ceux de Francfort entre 1963 et 1965 où 22 ex-officiers nazis et kapos d'Auschwitz avaient été jugés, et de Hagen qui s'achève en 1966, où comparaissaient les bourreaux du camp de Sobibór, parmi lesquels l'ancien sous-officier SS Ernst Zierke, finalement blanchi par la justice allemande.

L'année de son procès, Franz Murer réapparaît, plus ou moins caricaturé, mais sous un autre nom, comme protagoniste de *La partie n'est jamais nulle*, superbe roman du Lituanien Icchokas Meras, rescapé de la Shoah par balles, qui y dépeint le calvaire de la vie quotidienne dans le ghetto. On y retrouve également Liuba, qui a inspiré le personnage fictif de la chanteuse

Ina Lipman. Hélas, l'auteur ne nous donne qu'un bref portrait d'elle, croqué sur le vif, sans véritable dimension romanesque, et sans le lyrisme qu'on aurait été en droit d'attendre.

Au procès de Nuremberg, Sutzkever rapportera qu'à la fin de décembre 1941, au moment de Hanouka, la « fête des lumières », Franz Murer fit un cadeau diabolique aux condamnés du ghetto, sous forme d'un chargement de chaussures ayant appartenu aux victimes de Ponary, où chacun pouvait se servir, gratuitement. Au milieu d'elles, Sutzkever reconnut la paire de souliers ayant appartenu à sa mère.

Parmi les décrets et ordonnances régissant la vie quotidienne, outre le port obligatoire de l'étoile de David cousue sur les vêtements au niveau de la poitrine et dans le dos, il était stipulé que les Juifs n'avaient pas le droit de regarder par la fenêtre, il leur était interdit de parler allemand, de porter la moustache ; les fleurs y sont proscrites, tout comme étaient défendus les montres au poignet, le rouge à lèvres ou la teinture pour les cheveux. Enfin, il était stipulé que tout nouveau-né juif serait exécuté, ainsi que sa mère.

Lors de sa mise en place en septembre 1941, le ghetto (divisé alors en deux) comptait plus de

40 000 personnes, dont certaines arrivées de Pologne ou de Biélorussie. Lors de sa liquidation, deux ans plus tard, elles étaient environ 10 000, qui disparaîtront par la suite à Ponary, Majdanek, Vaivara, où les déportés étaient affectés à l'exploitation du schiste, et autres camps d'extermination.

Après avoir été une nouvelle fois interrogée, Liuba est mise à l'isolement dans un mitard infect de la prison de Lukishki (Lukiškės en lituanien), où elle est régulièrement humiliée et sauvagement torturée. Sa pitance quotidienne : de la soupe aux yeux de poisson et trois ou quatre cuillerées de bouillie d'avoine. La nuit tombée, elle se met à chanter à tue-tête pour réconforter les autres détenus juifs ou politiques qui attendent la mise à mort. Parfois une voix lui répond, sous forme de prière fervente dite à voix haute, écorchée.

Dans ses carnets intimes rapportant le calvaire au quotidien dans le ghetto, Yitskhok Rudashevski raconte que Liuba chantait même pour ses geôliers des airs d'opéra contre un quignon de pain noir dur comme du bois.

Liuba sort de captivité quelques semaines plus tard pour être acheminée à Ponary où elle est exécutée sur-le-champ. Le 23 février 1943, nue dans la neige, elle aura chanté jusqu'à l'heure fatale, au bord de la fosse commune, entamant les derniers mots de la mélodie *Tsvey Taybelekh*, qui avait fait son succès, avant d'être déchiquetée par plusieurs rafales de fusil-mitrailleur, sous le regard, les rires et les quolibets de Franz Murer, accompagné de Martin Weiss, surnommé ironiquement « Weiss le noir », noir comme son uniforme, noir comme la terreur.

Liuba n'a ni pleuré, ni gémi, ni supplié. Au moment fatal, alors que la nuit approchait, elle n'était encore qu'un chant et un cœur qui bat, et qui bat. Rien d'autre.

FEUER!

Des témoins ont affirmé que c'est la maîtresse du SS Weiss, une jeune gestapiste zélée originaire de Hambourg, qui a ouvert le feu à bout portant sur Liuba. Son corps n'a jamais été retrouvé. Depuis Nuremberg et le témoignage de Sutzkever, on connaît le nom de cette saloperie : Ellen Degner. Un peu plus tôt, Weiss avait sorti son revolver et abattu de sang-froid une fillette de onze ans, à l'entrée du ghetto. On l'appelait Gitele Tarlov. Elle non plus n'aura ni sépulture ni épitaphe. Condamné à la prison à perpétuité pour crimes de guerre en 1950,

Martin Weiss a pu recouvrer la liberté vingt ans plus tard. Liuba Levitska : que ton chant et ton âme restent liés dans le faisceau des vivants !

Cette scène me hante encore, démultipliée par l'écho de cette voix mourante et chantante et lointaine, au pied des ténèbres. Sombre fredon musical où vibrent pour toujours les hurlements, les lamentos et toutes les voix de tous les autres.

Et quand tu voleras au-dessus d'un feu, amour,
Ne te brûle pas à cause de tes malheurs.

Je ne sais plus où j'ai lu que certains morts ne meurent jamais. Pour la bonne et simple raison qu'ils sont incapables de mourir (impropres à la mort). On pourrait même dire que ces morts-là, plus on les tue et plus ils reviennent.

Je connaissais les lutins des contes, les farfadets, les korrigans malfaisants, les kobolds, les hobbits de Tolkien, les gnomes, les elfes aux oreilles pointues, et jusqu'aux viltansous – sans aucun doute mes préférés – que l'on peut croiser sur les îles de la mer d'Iroise, uniquement les nuits de fort vent. Et là, je découvre une autre espèce de petits êtres fantasmatiques, propres à la Lituanie : les *kaukai*. Une espèce particulière de petits génies domestiques vivant dans les caves, les greniers, les fermes et les granges, végétariens, friands de bière, de lait, de kissel à l'avoine ou de jus de canneberge, et qui se manifestent nus ou à demi couverts de haillons, ou, selon d'autres sources, vêtus de couleurs criardes. On les dit aussi farceurs et malicieux, la plupart du temps bienveillants.

Ventripotents, hirsutes, les yeux globuleux, ce sont les pourvoyeurs de blé, de lin et de foin des terres qu'ils protègent et font prospérer. En général, ils se présentent à des paysans, leur proposant d'assurer protection et riches récoltes, en échange du gîte et du couvert, établissant ainsi un contrat tacite. Donnant-donnant et principe de faveur.

Mais la pastorale peut virer au tragique. Trois fois malheur à celui ou celle qui oserait rompre unilatéralement cet accord, et maudits soient les réfractaires ou les parjures ! Susceptibles et rancuniers, les *kaukai* se vengent alors comme des croquants en incendiant la chaumière ou l'étable des renégats, après avoir détruit récoltes et vergers.

Ces farfadets bucoliques, à demi pouilleux, je les ai découverts dans un court-métrage d'animation que diffusait la télé de l'hôtel. Ce sont des créatures chtoniennes, intermédiaires non pas entre le ciel et les hommes, mais entre la terre et les paysans, émissaires de Puškaitis, le dieu protecteur des agriculteurs et saint patron des arbres sacrés. Selon les différentes légendes, les jeunes *kaukai* seraient apparus du côté de la Lituanie dite « mineure », vers la Prusse orientale et l'isthme venteux de Courlande, protégés à la naissance par des mottes de terre, le chapeau d'un champignon, ou même des testicules de verrat. Leur langage est rudimentaire, réduit le plus souvent à un babil proche des cris ou des gémissements de nourrisson. On les trouve également près de la frontière lettone, en Samogitie, région septentrionale constituée de plaines et de forêts profondes, où subsistent encore de rares églises en bois. Très populaires dans les campagnes depuis des siècles, les *kaukai* ont progressivement été effacés du paysage fantastique et folklorique de la Lituanie. Ce qui, avouons-le, est bien regrettable.

J'imagine la scène : un couple de jeunes *kaukai* se ressemblant comme deux gouttes d'eau arrive au seuil d'une chaumière et frappe, un soir de brume, dans un lieu perdu du nord de la Lituanie, au pied d'une colline basse, à deux pas d'une sablière noire. Nous sommes au début du XIXe siècle, et les guerres napoléoniennes ont ravagé champs, récoltes, entrepôts de grains, arbres fruitiers, carrés d'oignons, décimé les troupeaux, saigné le bétail. De longues minutes passent. D'où sortent ces deux personnages ? Est-ce un mauvais rêve ? Les deux fermiers, l'homme et la femme, reposent leur verre de gnôle, retiennent leur souffle.

Deux petits poings redoublent de coups sur la lourde porte de bois. Le paysan sort, une lanterne à la main, qu'il lève, et pousse un cri d'effroi en voyant les deux créatures pas plus grandes que les Gremlins, au crâne chevelu, hérissé de deux petites cornes molles. Alertée, la femme gagne le pas de la porte, se tapit dans l'ombre, armée d'un tison. Et pousse un hurlement encore plus fort, plus aigu. Les *kaukai* reculent d'un pas, puis s'esclaffent, se mettent à sautiller, avant de se calmer en tendant les mains. « Laisse-moi faire, lâche le fermier à la fermière, tu n'y connais rien en affaires. » Elle : « Pose-leur quand même la question ! » Lui : « Mais quelle question ? » Elle : « À propos de ce qui nous a réveillés en sursaut l'autre nuit… La pluie de grenouilles sur le toit… Et ce que nous a dit ensuite le curé… » Lui : « Tais-toi donc ! »

S'ensuit une longue conversation passant du coq à l'âne, entre le paysan et les deux petits êtres vivants, dans une langue approximative, gutturale, ponctuée de gémissements et d'exclamations, rythmée de claquements de doigts. L'homme croit comprendre que les deux *kaukai* sont frères jumeaux, rejetés et maudits par leur clan pour cause de gourmandise excessive et de polissonneries déplacées à répétition, et qu'ils erraient à travers la campagne gelée depuis de longues semaines, après avoir failli se noyer dans les eaux noires de la Baltique, quelque part entre Memel et Palanga.

La fermière revient au bout d'une bonne demi-heure avec deux grandes chopes de bière fraîche, un bol de pommes cuites, des rondelles de carottes à l'ail, une motte de beurre et des trognons de chou. Bref, un festin improvisé, accueilli par des couinements et des gazouillis. Dans le lointain, un coin de ciel ressemble à l'aube.

La lune s'est levée sur la ligne d'horizon hachée de petits arbres alignés, une lune pleine et lumineuse. Le silence revient, puis le vent retombe. L'affaire est entendue et l'accord est conclu. Une chouette posée sur le toit de chaume hulule par deux fois. Le chat de la ferme, qui il y a moins de deux heures affichait un beau pelage blanc et duveteux, est devenu roux. Une lueur jaillit du poulailler, derrière la vigne vierge. L'homme s'approche de la femme et lui chuchote à l'oreille, tout en gardant un œil sur les deux créatures qui s'empiffrent : « Ah les jolis rêves de fortune que nous allons pouvoir faire ! »

La prochaine moisson sera riche, les récoltes abondantes, le potager sera fertile au-delà de toute espérance, et les deux *kaukai*, ayant conjuré leur malédiction, passeront de paisibles moments, à l'abri du froid et des loups, dans un coin aménagé du grenier tendu de draps de lin aux couleurs chatoyantes, parfumé de noisettes et de fenouil, entre les fagots, les crochets à jambon, une peau d'ours chamoisée, et un orgue de Barbarie déglingué où traînait une paire de vieux grelots.

Ce monde rural et ensorcelé d'antan, je l'avais découvert lors de mon premier séjour à Vilnius, à la lecture des aventures de Kukutis, personnage devenu populaire, incarnant un paysan naïf, confronté au milieu urbain, se jouant des règles et des convenances imposées par le joug soviétique, maniant le paradoxe et l'ironie grotesque, imaginé dans les années 1970 par le poète et folkloriste Marcelijus Martinaitis, natif de la province de Samogitie, au nord-ouest de la Lituanie.

Kukutis, c'est ce drôle de personnage un peu jobard, sorte de Schpountz balte, de cousin du brave soldat Švejk ou des villageois peints par Chagall, né avant la révolution d'Octobre, devenu vieillard desséché, qui assiste à ses propres funérailles après avoir confessé dans son testament ne plus pouvoir se faire à l'idée de ne plus être. La seule option qui s'offre à lui est de tromper la mort en s'enfuyant pour hanter les forêts, ou bien de se transformer la nuit en bandit de grand chemin. Bref, être hors d'atteinte. « Tout pour m'éloigner autant que possible de ma propre mort », clame-t-il après avoir écrit quelques singulières sentences, toutes aussi désarmantes, telles que : « Quand il n'y a pas d'argent, il y a du pain », ou bien : « Il n'y avait pas d'été quand c'était l'hiver. » Et cette question qui colle parfaitement à ma perplexité et à mes interrogations : « Qu'est-ce qui fait que la Lituanie soit si lituanienne ? »

L'époque est loin déjà où Kukutis parcourait les champs et les clairières, à pied ou à dos de cheval, collectionnait les cravates coûteuses après sa libération du goulag, s'ennuyait dans les trolleybus bondés de la grande ville, rêvait de péchés charnels et de cimes enneigées, jouait de l'accordéon au cœur de la nuit, avait appris à s'approcher des wapitis pour les caresser. Cette âme éternellement tourmentée comme une veuve de guerre.

Alors, le monde était grand, et les patates, petites. La bouche usée par les mots, les baisers, la gnôle et l'harmonica, il pouvait encore promener ses porcs affamés sur la place de la Cathédrale ou entre ses colonnes doriques, insulter et singer le chien d'un policier, et vivre dans l'insouciance, comme un personnage excentrique de Nikolaï Gogol. Si loin, le temps où les étoiles se levaient à l'horizon, pour se tourner vers l'infini, et qu'il observait pendant des heures. Si loin, le temps où sa fiancée le faisait soupirer, une jolie bossue aux yeux verts, et dont le père, un communiste intransigeant, s'était fermement opposé à leur union.

Marcelijus Martinaitis, au nom si agréable à prononcer, l'avait dit dans une de ses fameuses et délicieuses *Ballades de Kukutis* : « Le poète fait peur à ceux / qu'il a aimés sans rien / attendre en retour. » Il s'en est allé en 2013, à soixante-dix-sept ans, après avoir écrit les *Chansons d'un vieux violoniste*, recueil de poèmes destinés, selon ses mots, aux enfants ainsi qu'à leurs parents. Comme son drôle de héros Kukutis, il s'était définitivement éloigné de sa propre conscience.

Il y a une petite dizaine d'années, dans son roman *Vilnius, Paris, Londres*, Andreï Kourkov a ressuscité ce bon vieux Kukutis en imaginant la suite de ses aventures, parmi celles d'autres personnages qui ont choisi l'exil. Le sympathique énergumène, qui a perdu sa jambe droite, emportée par un obus allemand pendant la Grande Guerre, près de Klaipėda, et pour qui les années ne comptent plus, décide de franchir la frontière séparant la Pologne de la Lituanie, le jour – et précisément à minuit – où son pays a rejoint l'espace Schengen, le jour du solstice d'hiver 2007.

C'est en auto-stop que Kukutis traverse une Europe enneigée jusqu'à Dunkerque, son terminus, en passant par la Podlachie, Görlitz, Leipzig, Iéna, Stuttgart, l'Alsace, la Lorraine, Beaune, mais curieusement en évitant Paris. Au fil de ses pérégrinations picaresques, ce vieux loup de terre croisera un paysan acariâtre, une jeune mère de famille polonaise, un chauffeur routier letton, un enfant espiègle, une pharmacienne irascible, un pilote de chasse, un camionneur tchèque, et un vieux marin-pêcheur qui tentera en vain de lui faire traverser clandestinement la Manche à bord de son chalutier, pour rejoindre l'Angleterre.

Kukutis, qui a le cœur grand comme une mappemonde, et c'est pour ça qu'on l'aime, raconte sa longue existence saturée de souvenirs et d'épisodes à qui veut bien l'entendre, ou pas d'ailleurs, s'enflammant davantage devant un bon plat fumant arrosé de vin, de bière ou d'un alcool fort, que ce soit une choucroute garnie, une soupe de pois ou une spécialité turque. Et s'emportant davantage quand il est arrêté et interrogé au poste de police par des fonctionnaires allemands, interloqués et désarmés face à sa candeur extravagante et naturelle.

Aujourd'hui, Kukutis est le personnage le plus célèbre de la littérature lituanienne, popularisé par de nombreuses chansons, aux côtés du fantasque et iconoclaste protagoniste de *Vilnius Poker*, survivant des camps de la mort et du goulag.

Les salles de petit-déjeuner des hôtels sont en général déprimantes ou bruyantes, où l'on propose du fromage caoutchouteux, du jambon sans goût, des viennoiseries sèches et du café indigeste, le tout sur nappe de musique intempestive, avec écran télé dans le fond du décor. Rien de pire pour commencer une journée. J'ai donc pris pour habitude de prendre mon premier repas dans la chambre, à base d'aliments achetés dans une supérette ou chez le traiteur. Ce dimanche 31 décembre, il en a été autrement, puisque Danguolė m'avait offert la veille deux belles parts de gâteau au miel fait maison, au terme de l'agréable dîner chez les Melnik, au cours duquel nous avons échangé les traditionnels cadeaux.

Pour le dernier jour de l'année, après avoir hésité, j'ai donc décidé de me rendre par le train à Ponary, théâtre de ces monstrueuses orgies de haine orchestrées par les nazis. Je crains toutefois de connaître une sorte de syndrome de Stendhal à l'envers, à savoir ne pas être submergé par l'insupportable et insurpassable beauté d'un lieu ou d'une œuvre, mais terrassé par le témoignage de l'horreur la plus absolue et la présence des fantômes exterminés, immolés. Je me voyais déjà m'effondrer, suffoquer. Avec des larmes comme venues du fond de l'enfance.

Aurais-je dû m'y rendre accompagné ? Mais avec qui ? Déjà, j'imaginais entendre les échos des voix, des cris et des gémissements répétés, le claquement de la mitraille, l'odeur de poudre et de sang. Par deux fois, le fameux syndrome m'avait déjà bien secoué : dans la basilique Saint-Marc, puis à Saint-Pétersbourg, au son du carillon des cloches de Saint-Isaac, j'avais fondu en larmes, dans une crise irrépressible. Ma sensibilité, je la connais. C'est elle qui m'a formé.

Je savais que c'était après avoir visité le site de Ponary en 1945, où sa mère Rosa, native de Varsovie, avait été exécutée en septembre 1943, qu'Abba Kovner, chef des commandos du FPO, avait créé l'organisation paramilitaire Nakam, « Vengeance » en hébreu, avec pour mission d'éliminer six millions d'Allemands. Œil pour œil, dent pour dent. Vie pour vie. *Exode*, 21:23-25.

Après dix minutes de trajet, j'ai débarqué juste avant la pointe du jour sur le quai de la gare désaffectée. Les étoiles sont dans leurs constellations. Pas un chat. La supérette peu engageante, c'est le moins qu'on puisse dire, n'a pas encore ouvert ses portes. Un panneau fléché indique sur fond rouge : PANERIŲ MEMORIALAS 1 170 m. Après une nuit d'accalmie, la neige a recommencé à tomber, en petits flocons. *Vėl sninga*, comme on dit ici. J'ai suivi la route principale de la bourgade désertée à cette heure, parallèle à la voie de chemin de fer. Celle qu'ont dû emprunter les camions chargés de condamnés. D'abord, sur la gauche, quelques maisons de bardeaux, une autre coiffée d'un toit vert criard, puis les premiers arbres de la forêt : pins aux maigres troncs décatis, bouleaux en grand nombre, chênes, frênes. Le vent s'est mis de la partie, projetant la neige fondante en rafales obliques, cinglantes. La petite lumière de l'aube tire ses derniers feux. Puis le jour est apparu pleinement, marquant le ciel de grandes plaques de gris brumeux. Ça sentait la terre détrempée, la feuille morte et le feu de bois. Neige sur la terre comme au ciel.

J'allais atteindre mon but, évitant deux ou trois plaques de verglas. Un gros bloc de béton sculpté marque l'entrée du mémorial à ciel ouvert, à une centaine de mètres d'un passage à niveau. On tourne sur la gauche en empruntant un circuit bitumé, escarpé et fléché, entre les arbres, les monticules et les talus enneigés. Je suis seul. Le silence est absolu. Pas un chant, pas un cri d'oiseau.

Le premier monument, dédié depuis 1985 à l'ensemble des 100 000 victimes, est formé d'un triptyque surmonté en son centre d'une étoile

de David. Il porte plusieurs inscriptions, gravées en lituanien, en hébreu, en yiddish et en russe. Celle figurant sur la stèle centrale indique, sur fond noir : « Ici, dans la forêt de Ponary, entre juillet 1941 et juillet 1944, les troupes d'occupation nazies et les supplétifs locaux, aidés par des collabos lettons, ont exterminé 100 000 personnes. Parmi elles, 70 000 Juifs, hommes, femmes et enfants. » Les mots *mémoire, souvenir, barbarie* n'ont pas le droit de cité. Ça me dérange. Le premier monument, taillé dans le granit par les Soviétiques en 1948, a été remplacé quelques années plus tard par un obélisque, qui mentionne uniquement les « victimes du fascisme », sans distinction.

En direction du nord, au centre du mémorial, s'élève sur quatre marches l'imposant édifice de granit dédié aux Juifs exterminés à Ponary, au pied duquel a été placée une menorah en métal. Sur la droite, un grand cercle formé de pierres rend hommage à la centaine de Roms assassinés ici. Plus au sud, je tombe sur le monument dédié aux victimes polonaises, où ont été déposés deux bouquets de roses rouges et blanches, éloigné de celui consacré aux Lituaniens tués en 1941, celui-ci surmonté d'une croix.

Supportable jusque-là, le froid se fait piquant, pénétrant, humide ; j'ai les pieds endoloris dans mes deux paires de chaussettes, et les doigts engourdis, malgré les gants. J'appréhende de découvrir les vestiges des vastes fosses et des tranchées. De l'autre côté du chemin goudronné, après le monticule herbeux, des stèles, d'autres pierres. Devrais-je faire demi-tour ? Je ne respecte pas l'ordre du parcours balisé par des numéros et des panneaux explicatifs, par principe. On n'est pas au Jardin des Plantes ou dans je ne sais quel musée.

Tout est nu, propre, net, dans ce théâtre de la mort. Presque soigné. Sans scénographie spectaculaire. Malaise, gêne. J'arrive au bord de la première des cinq fosses communes. Elle est bien plus grande et profonde que je ne l'imaginais. Un gouffre d'horreur. C'est donc ici qu'ils ont été massacrés, par dizaines de milliers… Hommes, femmes, enfants implorants, vieillards invalides. Tués froidement par balle, ou jetés vivants dans les charniers.

Ces fosses circulaires existaient déjà. Elles avaient été creusées par les soldats de l'Armée rouge en 1940, pour stocker et abriter des citernes de carburant destinées à approvisionner les chasseurs de la base aérienne voisine, ou à planquer des blindés. Là aussi, la connexion nazie-soviétique a bien fonctionné.

L'impression de grand vide que j'ai ressentie. De vortex. Une béance des sentiments et des sensations, dans cette nécropole sans morts. Quelque chose s'est bloqué, m'entrave. M'empêche, mais… Je ne trouve pas les mots pour dire. Je deviens dur comme de la pierre, insensible au temps.

Tout est faiblement gris, brun, triste, à l'exception des plaques de neige gelée et de cette espèce de gazon sauvage qui recouvre le fond des fosses d'abattage. Même les pins sylvestres se sont convertis au gris. Je suis quelque part entre le passé et le temps présent. Planté là au milieu de ces catacombes, de cet abîme troué où les suppliciés et les morts ont disparu, dans l'irréalité la plus absolue.

Comment se recueillir ? Pourquoi prier, face à l'irrévocable ? Ai-je fait le signe de croix ? J'ai oublié. Impossible d'imaginer ce qui s'est passé plus de quatre-vingts ans auparavant dans cet abattoir humain, ou de se le représenter. Pourtant, des images, peu nombreuses, longtemps clandestines existent, photos de mauvaise qualité prises par un soldat de la Wehrmacht. L'inconcevable et l'impardonnable. L'imprescriptible, la monstrueuse abjection.

On parle parfois de génie ou d'esprit du lieu. Ici, c'est un non-lieu, où la réalité de mémoire n'est que mémoire. Me trompé-je ?

Sur la pierraille ceinturant l'une des fosses, plusieurs visiteurs ont déposé, entre les aiguilles de pin roussies, des cailloux et de petits galets où des prénoms ont été inscrits en lettres blanches : Roza, Pranas, David, Joana, Sholia, Liuba... Je ferme les yeux, lève la tête en direction du ciel, retiens ma respiration pendant une dizaine de secondes. Cette fosse, où a été installée une sinistre rampe-échelle, avait ceci de particulier qu'elle servait entre novembre 1943 et avril 1944 de bûcher et de crématorium, où œuvrait une brigade spéciale, un Sonderkommando ou Arbeitsjuden, constitué de Juifs réquisitionnés et de prisonniers de guerre russes, promis à la mort.

J'étais comme tétanisé, sur la frontière fuyante et spectrale qui sépare les vivants des morts.

Leïb Kacew, Liuba Levistska, Yitskhok Rudashevski, Gabik Heller, Macha Rolnikaitė, Hadassa Górewic, Tserne Morgenstern… En bafouillant, dans un chuchotement forcé, j'ai entamé une litanie de noms. Pour que l'émotion vienne, que la commotion arrive, et qu'elles soient imprégnantes. Oui : que quelque chose me prenne à la gorge. Voilà ce qu'il aurait fallu, que quelqu'un soit à côté de moi pour réciter une prière des morts, ou un kaddish, ou pour chanter en duo des passages du requiem, ou les psalmodier : le *Kyrie* ou un *Libera me*. J'ai toujours eu l'émotion plus vive et débordante par l'oreille que par l'œil ou le toucher. J'ai cherché les notes graves de Mozart ou de Fauré. Peine perdue. La musique est morte ici.

« Voici que je tremble et que j'ai peur, devant le jugement qui approche et la colère doit venir. Ce jour-là doit être jour de colère, jour de calamité et de misère, jour mémorable et très amer. Donne-leur le repos éternel… »

Si quelque chose doit surgir ou advenir, ce ne peut être que du tréfonds de ma conscience.

Toujours personne à l'horizon. J'ai besoin de parler à quelqu'un, de croiser un regard, d'apercevoir la silhouette d'un visiteur, d'un gardien. Le petit bâtiment aux briques claires abritant le centre d'information public est fermé. J'appelle le numéro de téléphone indiqué sur la porte d'entrée, derrière la grille. On me répond au bout de cinq minutes. Une voix de femme enrouée. Je crois comprendre que le bureau n'ouvrira pas aujourd'hui. Bref répit de la neige.

J'ai pensé aux mots du petit Yitskhok, confiés à son journal le 1er janvier 1943, et que j'avais recopiés dans un carnet : « En l'honneur du Nouvel An, le monde s'est paré de blanc au cours de la nuit. Un jour blanc, un clair jour d'hiver. » Un mois plus tôt, le 5 décembre 1942, il avait écrit, après l'arrivée des premiers flocons : « L'hiver blanc est venu jeter un œil chez nous aussi, dans le ghetto. La neige tombe et tombe, et drape de blanc les ruelles noires. Les enfants se réjouissent de cette blancheur qui se voit si peu au ghetto. Le champ de ruines au coin des rues Yatkeve et Disner est couvert de neige et forme buttes et vallons, les gamins vont là-bas faire des glissades en luge. »

Wilno, Kovno, Łódź, Varsovie, Cracovie, Lwów, Minsk… Les récits sur la vie quotidienne et l'horreur dans les ghettos surpeuplés ne manquent pas ; la plupart sont d'un réalisme saisissant, et doués d'une certaine qualité littéraire, publiés et traduits sur le tard. Plus nombreux, les témoignages écrits des rescapés des camps de la mort ont largement participé au devoir de mémoire, au point qu'on a pu parler de « littérature concentrationnaire ». Or, on ne dispose d'aucun texte, et pour cause, des victimes de la Shoah par balles sur les sites d'extermination massive. Le seul récit connu à ce jour est le précieux témoignage oculaire d'un habitant de Ponary, le journaliste catholique polonais Kazimierz Sakowicz, proche des partisans de l'Armia Krajowa, né à Vilnius en 1894, à travers son journal, tenu de façon plus ou moins régulière, entre le 11 juillet 1941 et le 6 novembre 1943, soit deux mois après la liquidation du ghetto.

Le 19 août 1941, quelques semaines après le début des fusillades de masse, il note, toujours depuis le grenier de sa datcha, située à l'orée de la forêt :

« En général, ils en tuent dix à la fois. Ils ne bandent les yeux qu'à ceux qui le demandent. La rangée suivante assiste à l'exécution de la rangée précédente et les tueurs ne se préoccupent même pas de recouvrir les corps entre deux. Non ! Ils obligent les nouveaux “candidats” à prendre place sur les cadavres gisant déjà dans la fosse et ils les fusillent par couches successives. »

Le mercredi 19 novembre 1941 :

« Ils reviennent vers les malheureux, extirpent les bambins des bras de leurs mères et les tuent à coups de crosse. Cela confirme mes impressions antérieures : dans d'autres cas, ils se sont contentés de jeter les tout-petits dans la fosse pour ne pas "gaspiller" leurs munitions. »

À peu près au même moment, Yitskhok Rudashevski, âgé de quatorze ans, consigne ceci dans son journal. Il ignore que Ponary, Ponar en yiddish, sera sa destination finale, tout comme celle de son meilleur ami, Gabik Heller, deux ans plus tard :

« Cette verte région, au-delà de Pohulanka, un abattoir pour des milliers de Juifs. Toute la région est imbibée de sang juif. Ponar, cela sonne comme cauchemar, un cauchemar qui accompagne le gris fil des jours du ghetto. Ponar, c'est la mort passive. Ce nom contient à lui seul toute la tragédie de notre impuissance. Non, nous n'irons pas à Ponar ! »

Je poursuis ma lecture, éprouvante, insoutenable, au bord de la nausée. Toujours avec la même froideur, sans fioritures, à la manière d'un procès-verbal ou d'un rapport comptable sur ce qu'il appelle le « site », Sakowicz s'étend longuement sur cette terrible journée du lundi 5 avril 1943 :

« À l'évidence, les Juifs descendus dans le charnier ont reçu un ordre : sont-ils en train d'entasser les corps, de les empiler, de niveler la fosse ? Au bout d'un moment, l'Allemand fait un signe aux Lituaniens et on entend quatre coups de feu [...]. En moins de quatre heures, de 7 heures à 11 heures, plus de 2 500 personnes ont été fusillées, soit 49 wagons. Rares sont ceux qui ont réussi à s'enfuir, en tout cas pas plus d'une cinquantaine. »

Parfois, les mots sont plus forts que la mémoire, surtout si elle est défaillante ou même absente ; ils la forment, ils la dirigent, la modèlent, l'inscrivent dans l'Histoire.

Et cette évidence m'a sauté aux yeux : moins il y a de mémoire, plus il y a de passé.

De crainte d'être découvert ou dénoncé, Sakowicz glissait régulièrement les feuilles enroulées de son journal dans des bouteilles de limonade, qu'il enterrait dans son jardin. Il a fallu attendre 1999 pour que ce document inestimable sur les 100 000 victimes de Ponary soit publié, en Pologne, avec une préface de Rachel Margolis, dont la famille a été exterminée ici même.

Kazimierz Sakowicz est mort dans des conditions plus ou moins mystérieuses, c'est-à-dire suspectes. Le 5 juillet 1944, on a retrouvé son corps inanimé dans la forêt, près de sa bicyclette. Certaines sources évoquent une balle perdue, au moment où l'Armée rouge et la Wehrmacht se livrent de sanglants combats à Vilnius et dans sa région. Selon toute vraisemblance, Sakowicz était tombé dans un guet-apens tendu par les snipers d'une milice pronazie, et abattu de sang-froid.

Il est temps de quitter les lieux et de retrouver la vie contemporaine. Je me suis arrêté devant le monument consacré aux milliers de victimes polonaises, avant de reprendre le chemin de la gare en faisant un détour par la supérette située en face, où la jeune caissière ne parlait pas un mot d'anglais. J'ai ressorti l'appareil photo, parcourant fébrilement la trentaine de clichés pris depuis le début de la matinée, depuis ce matin tombé du ciel. Laissons reposer tout cela.

Je n'ai pas entendu l'écho des cris des martyrs sous les coups et la mitraille. Les gémissements des mourants ensevelis sous le chaos des corps hachés ou mutilés. La nuit ne reviendra plus. C'est la mémoire inanimée, le souvenir défunt sous la neige molle. Liuba et ses deux petites colombes ont à jamais disparu.

La mémoire ne va nulle part. Je n'ai rien vu à Ponary.

Le nom d'un autre témoin capital se rappelle à ma mémoire, celui d'un rescapé du ghetto, Avrom Sutzkever, le poète de « Quelque part dans la nuit de miel noir ». Et celui de sa petite-fille, la comédienne et scénariste israélienne Hadas Kalderon. Sur l'écran, je revois son témoignage filmé : paniquée, désespérée, en larmes. Le 7 octobre, ses deux enfants et son ex-mari avaient été pris en otage dans leur kibboutz par des islamistes et détenus à Gaza avant d'être libérés sept semaines plus tard. Ce même 7 octobre 2023, sa mère et sa petite-nièce autiste âgée de douze ans ont été sauvagement assassinées au cours des pogroms orchestrés par le Hamas, qui ont fait plus de mille victimes civiles. La haine, l'antisémitisme et l'éternelle barbarie font d'atroces cercles dans l'Histoire. Je quitte à jamais Ponary, non pas pour fuir mais pour me dégager. De quoi ? Mon cœur bat toujours, je suis en vie parmi les ombres transparentes de ceux qui y ont perdu la vie.

Ici comme à Auschwitz, il n'y a pas de pourquoi.

Près de la voie de chemin de fer, à moins de cent mètres de l'entrée du mémorial, je remarque au loin un étrange tas de pierres concassées, discrètement posé sur un talus. L'ancienne maison du garde-barrière Jankowski devait se situer à peu près à cet endroit. C'est lui qui organisait le trafic de vêtements des Juifs qui venaient d'être exécutés. Mais où se trouvait la datcha de son voisin Sakowicz ? A-t-elle été détruite ?

Je m'approche, me retourne, regarde autour de moi. J'ai eu l'impression d'entendre un sifflement, une fois, deux fois, trois fois. Ça venait de la forêt. L'amas de cailloux, où a été planté un fer à cheval rouillé, les branches pointées vers le ciel, est surmonté d'une espèce de disque en métal ajouré semblable à une jante de roue. S'agit-il d'une offrande païenne ? d'un hommage votif ? de la marque d'un lieu sacré ou du témoignage d'un rite funéraire ? J'y lis trois mots, inscrits sur la partie supérieure : TE JAVEN ERTE. La phrase n'a rien de lituanien. Peut-être du latin ? Qu'est-ce que c'est que ce truc ? La chose m'intrigue. Je tourne autour, me penche sur ce qui m'a tout l'air d'une roue à seize rayons. Puis je pose mon regard sur un ciel qui s'est obscurci, et sors l'appareil photo. Jaroslav et Danguolė pourront sûrement m'aider à résoudre cette énigme.

J'imagine que la datcha de Sakowicz devait être toute proche. Mais où précisément ? Ici même, à l'emplacement de l'amas de pierres ? Un peu plus loin ?

Un choucas s'envole en croassant, à deux mètres à peine, puis revient exactement au même endroit, trente secondes plus tard. Le premier volatile depuis ce matin. J'ôte mon bonnet trempé par la neige, et allume une cigarette. Un long convoi de wagons-silos est passé lentement, transportant probablement des céréales, en direction de Vilnius, avant de s'immobiliser. Tous portaient en cyrillique la mention « Europe-Kaliningrad », inscrite au pochoir blanc.

J'ai jeté un dernier regard sur la forêt, avant de presser le pas pour me réchauffer à l'intérieur de la supérette, face à la gare. Une lueur orangée éclairait la fenêtre du centre d'information du mémorial. Les flocons de brume s'étaient évanouis.

Ce mystère changeant et permanent qu'est Vilnius. Éternellement.

Kristina est une femme étrange et intrigante, voire déroutante. Ce qui n'est pas pour me déplaire, avouons-le. Je l'ai rencontrée à Paris quelques semaines plus tôt, le temps d'un tête-à-tête dans les salons cossus d'un hôtel. Son roman historique en deux volumes sur Catherine Ire, veuve de Pierre Ier, première tsarine de toutes les Russies, qu'on surnommera la « Cendrillon du XVIIIe siècle », venait d'être traduit en français, avec succès, sous le titre *L'Impératrice de Pierre*.

Moins d'un mois plus tard, rendez-vous a été pris sur l'avenue Gediminas, au niveau de l'hôtel Neringa, sobrement illuminé par des guirlandes. De là, nous traversons la Néris après avoir doublé l'ancien siège du KGB, qui abrite aujourd'hui le musée des Occupations et des luttes pour la liberté, pour rejoindre à pied la Galerie nationale d'art, anciennement musée de la Révolution. Durant la petite demi-heure de trajet, Kristina Sabaliauskaitė, qui partage son temps entre Londres et Vilnius, où elle est née et qu'elle appelle « la ville-palimpseste », agrémente sa conversation de commentaires érudits et d'explications sur tel ou tel bâtiment, sur l'histoire d'un quartier que nous traversons, le tout pimenté d'anecdotes, et relevé de souvenirs personnels remontant à la fin de l'ère soviétique. Y compris à propos de l'impressionnante statue dressée à l'entrée du musée, celle d'une femme au visage sévère, au regard déterminé, attirant dans sa main des hirondelles, sculpture de bronze conforme aux canons de feu le réalisme socialiste, millésime 1964, une dizaine d'années avant la naissance de Kristina.

Je ressors de l'exposition temporaire consacrée à l'histoire de Vilnius durant la première moitié du XXe siècle, à la fois enchanté et épuisé. Historienne de l'art, amoureuse inconditionnelle de son pays et de sa ville si complexe à appréhender, également première femme, en 2023, à être nommée citoyenne d'honneur de Vilnius, Kristina connaissait non seulement tous les artistes exposés, mais également la plupart de leurs œuvres. C'est donc en visiteuse enthousiaste et incollable qu'elle m'a fait découvrir tout un pan de la création vilnoise ou lituano-polonaise. Durant notre visite de près de deux heures, seuls trois petits documentaires centrés sur la vie quotidienne et populaire dans les années 1920, saisissants de réalisme, notamment les scènes et les séquences filmées dans le quartier juif, ont échappé à sa phénoménale érudition.

Pour ma part, j'ai retenu de cette visite les dessins expressionnistes illustrant des scènes nocturnes de la Polonaise Hadassa Górewicz, assassinée à Ponary en 1943, et les trop rares autoportraits de la photographe et graveuse Sofija Urbonavičiūtė, au visage si troublant, celui d'un ange foudroyé.

Une série de représentations de la Miséricorde divine m'a par ailleurs intrigué. On y voit un Jésus bénissant de la main gauche, la main droite posée sur le cœur d'où jaillit un rayon lumineux bleu, rose et blanc dirigé vers le bas. Les tableaux, peints dans les années 1930, s'inspirent de la vision ou plutôt de la révélation de la sœur mystique Faustine Kowalska, Polonaise originaire de Łódź.

Le Christ lui aurait dit, alors qu'elle priait dans sa cellule monacale : « Les flammes de la miséricorde me brûlent, je veux les répandre sur les âmes, mais les âmes ne veulent pas croire en ma bonté. » Rongée par la tuberculose, tourmentée et exaltée par ses visions et ses révélations, elle est morte à trente-trois ans, en 1938, à Cracovie. Elle a été canonisée par Jean-Paul II en 2000. Depuis, on l'appelle sainte Faustine.

La toile originale, inspirée des visions de la religieuse, et peinte par Kazimirowski à Vilnius où ils s'étaient rencontrés, je l'ai découverte par la suite, dans l'église uniate (catholique de rite grec) de la Sainte-Trinité, que Jaroslav tenait à me faire visiter après notre agréable déjeuner, et où il se rend régulièrement. C'est dans ce lieu saint en cours de restauration, fréquenté par les Ukrainiens, qu'il avait fait baptiser son fils, il y a une vingtaine d'années. Malgré le froid, nous avons pris le temps d'allumer deux petits cierges couleur cannelle, d'admirer les icônes, dont celle de saint Josaphat, moine basilien et martyr du XVIIe siècle, originaire d'Ukraine, et de jeter un œil sur l'une des chapelles latérales, de toute beauté. Dans un coin de ciel, le crépuscule s'annonçait : il était 16 heures et la température avait baissé de quatre ou cinq degrés.

Je profite de nos retrouvailles dans une taverne agréable de la rue Saint-Casimir pour montrer à Jaroslav les photos que j'ai prises à Ponary, celles de la roue mystérieuse. Il les examine attentivement. « Je vais vous décevoir, je n'ai aucune réponse. Une chose est sûre, c'est très étrange. Je ne pense pas que cela soit lié au paganisme, mais plutôt aux victimes de l'Holocauste. Envoyez-moi les photos, je vais en parler à Danguolė. » Mais alors, pourquoi la chose a-t-elle été placée à l'extérieur du mémorial ?

La réponse, il me la donne une dizaine de jours après mon retour à Paris, par un e-mail qui s'ouvre sur ces mots : « Nous avons réussi à découvrir que la photo de la roue est liée aux Roms, qui ont également été exterminés à Paneriai. La roue était installée près de la fosse dans laquelle tombaient les Roms abattus. »

Selon Jaroslav, les Roms voulaient ériger leur propre monument. La roue – qui renvoie assurément à la roue bouddhiste du Dharma – n'est que temporaire, c'est celle d'une charrette de gitans. C'est d'ailleurs leur symbole, frappé sur leur drapeau. Il m'a précisé qu'il avait même contacté l'Association des Roms lituaniens pour connaître le sens de la mystérieuse inscription en romani, langue indo-européenne, TE JAVEN ERTE, qui signifie « Soyez sauvés », dans le sens de « Que le ciel vous soit favorable ». Voilà donc ma lanterne éclairée. « Et bien sûr, la présence du fer à cheval rappelle le métier de forgeron, pratiqué par les Roms depuis, dit la funeste légende, la crucifixion du Christ et l'histoire des trois clous ayant transpercé ses pieds et ses mains. »

Mystères, secrets, échos, correspondances, hasards heureux, coïncidences troublantes, résonances et concordances : je ne suis pas au bout de mes surprises. D'autres encore m'attendent. De quoi avoir le tournis, à défaut d'être enchanté ou perplexe, jusque dans mes interrogations.

J'en reviens à Kristina. Elle a grandi dans un monde où tout ou presque manquait, jusqu'aux serviettes hygiéniques, et où régnaient le secret, le mystère de rigueur, régis par la peur d'hier et du lendemain, sur fond de messes basses. Au fil des ans, parallèlement à la publication de ses best-sellers historiques, elle s'est forgé une réputation de chroniqueuse implacable, n'hésitant pas, à travers la presse, à bousculer les idées reçues, à briser les tabous, et à provoquer la polémique. Aussi bien sur l'usage et le statut de la langue lituanienne que sur l'identité nationale ou les leurres de l'intelligence artificielle. Elle s'est également exprimée publiquement à propos de l'antisémitisme qui « sommeille et apaise » les antisionistes, dans les capitales européennes comme au Proche-Orient, à propos des déclarations du mufti de Lituanie, ou encore sur la Russie qui n'aurait rien compris à la culture occidentale pour la simple raison qu'elle en est trop éloignée, et qui ne pense qu'à écraser les valeurs européennes, quel qu'en soit le prix. La culture, dit-elle, est aussi un système de croyances. Sur le lituanien, Kristina reste déterminée et intraitable, dénonçant la volonté d'imposer une langue pure, débarrassée de toute influence étrangère, notamment slave, ainsi que le voudrait la dogmatique Inspection des langues de l'État, allant jusqu'à critiquer les examens de langue imposés aux non-Lituaniens.

Tout dernièrement, elle a dressé un pertinent parallèle entre la guerre russo-ukrainienne et le conflit entre le Hamas et Israël, estimant que « l'on ne peut pas considérer les Ukrainiens comme des gladiateurs dans une arène, parce qu'ils constituent en fait notre avant-garde qui se bat pour la civilisation occidentale. Les Israéliens ont maintenant rejoint cette avant-garde – quoi que nous pensions des dirigeants actuels du pays ou de sa stratégie, il est toutefois indéniable que ce pays est la seule démocratie dans cette région. » Elle a ajouté, en évoquant la culture de la guerre et en rapprochant les massacres et les viols de Boutcha et d'Izioum des pogroms perpétrés par le Hamas le 7 octobre : « L'actuelle guerre de civilisation se joue entre les démocraties et les autocraties. Entre d'une part la loi, les droits et les règles, contre la violence, et d'autre part, l'impunité face à l'obscurantisme et à la barbarie. » Et plus particulièrement quant à l'Ukraine et à Israël.

Kristina revient sur ces thèmes et ses chevaux de bataille lors de notre promenade et au cours du déjeuner au calme dans une taverne rustique située à l'angle des rues Stiklių et Gaon, aux poutres de laquelle pendent d'étranges « jardins de paille », qu'on appelle *sodai*. Je la questionne également sur le livret de la cantate *Sarabande de Vilnius* qu'elle a écrite pour le compositeur Gediminas Gelgotas, brillante œuvre pour chœur mixte et orchestre créée à la Philharmonie en mars 2023, à l'occasion du 700e anniversaire de la fondation de la ville. Je viens d'acheter un de ses recueils de nouvelles traduit en anglais, et j'ai plusieurs remarques à lui faire sur l'une d'entre elles, où elle revient sur la gloire passée de Vilnius, ses nombreux cafés aujourd'hui disparus, comme le Strahl ou l'hôtel Bristol, inauguré en 1902, où le jeune

Jascha Heifetz, âgé de neuf ans, avait donné son premier concert, avant de s'exiler aux États-Unis. C'est d'ailleurs dans une annexe aménagée de cet établissement de l'avenue Gediminas que se trouve l'appartement familial de Kristina où, du temps de l'URSS, la cuisine et les toilettes étaient partagées par les différents locataires, comme à Moscou, à Tbilissi ou à Kiev.

« Vilnius est une ville étrange, explique-t-elle, reprenant plus ou moins fidèlement ce qu'elle a écrit. L'invisible, le caché constituent ce qu'il y a d'essentiel. Le premier regard ne suffit pas. Vous avez dû le constater, n'est-ce pas ? Les monuments et les places ont tellement changé au fil du temps, tout comme leurs noms, qu'ils ne disent presque rien de la ville. La douleur fantomatique de quelque chose perdu à jamais est fortement ressentie par les Vilnois. C'est pourquoi il ne nous reste que la force du souvenir ou la force de la littérature pour que cela ne se perde pas. Je le reconnais : on appartient à son passé, à Vilnius plus qu'ailleurs. On pourrait même dire que, comme dans le triangle des Bermudes, il y a ici une anomalie magnétique. La logique de la vie n'y fonctionne pas comme ailleurs. »

Sa mélancolie est douce, apaisée, jamais fiévreuse, inconsolable ou stérilement nostalgique. Elle est même contagieuse. On perçoit chez elle le besoin de partager son amour pour la ville, ses mystères d'un autre temps. Elle a prêché un convaincu. Moi aussi j'aime l'adagio du regret, mais probablement pas pour les mêmes raisons qu'elle.

Ensuite, la conversation roule sur *Le Joueur* de Dostoïevski, selon elle le plus grand roman sur l'addiction, Tourgueniev, Chagall et Soutine, le monastère près de Kaunas où elle a achevé son roman sur Catherine Ire (« C'était une femme à l'intelligence émotive »), les poèmes de Sutzkever, ceux de Tomas Venclova, dont la femme est une amie proche de sa mère. Enfin, elle revient sur les liens tissés depuis de longs siècles entre la Lituanie et la Pologne, qu'elle a comparés à ceux existant entre l'Écosse et l'Angleterre. Et sur le sort réservé aux bâtiments religieux de Vilnius par les communistes, durant près d'un demi-siècle.

Emportée par son enthousiasme, Kristina parle trop vite, mais presque à voix basse, et j'ai à peine le temps de prendre des notes. Il y a, près de Gediminas, l'église Saint-Georges, mausolée des Radziwill, une des plus anciennes familles d'Europe, et transformée en dépôt de livres et de périodiques, celle de Saint-Bartholomée aménagée en atelier de sculpture, Notre-Dame-de-Consolation, dernier monument baroque, où étaient stockés fruits et légumes, une autre encore, dont le nom m'échappe, transformée en garage pour véhicules militaires. Tout cela, le peuple lituanien n'est pas près de l'oublier. Vraiment pas.

Je l'interroge sur la guerre en Ukraine. Elle me dit que la Lituanie pourrait ou devrait se préparer au pire et prendre vraiment conscience de l'imminence du danger russe pour les pays baltes, OTAN ou pas, là n'est pas la question. À propos des Ukrainiens, elle déclare simplement : « Jusqu'au début de la guerre, il y a bientôt deux ans, les Lituaniens les considéraient comme de bons cousins. Aujourd'hui, ils sont devenus nos frères, et nos sœurs. Et ce ne sont pas que des mots. »

Le Français pratique volontiers et naturellement l'ironie, la dérision, voire le sarcasme, le Parisien aime faire des gorges chaudes, et se pique parfois d'avoir de l'esprit, souvent mal tourné. Je l'ai remarqué à plusieurs reprises : ici, il y a des susceptibilités qu'il vaut mieux éviter de réveiller, et des jugements ou des considérations à garder par-devers soi. On ne joue pas avec des blessures ou des émotions, disons, *historiques*.

Autre chose qui m'a frappé au cours de mes séjours : j'ai rarement entendu des éclats de voix ou vu l'expression d'un quelconque exhibitionnisme de l'ego, que ce soit dans la rue, dans les transports ou dans les cafés. Sans doute que la pudeur, et en premier lieu la pudeur morale, est une valeur partagée, et respectée. Feutrée. Serait-ce là l'indice d'une forme de complexe ? Vis-à-vis de l'histoire passée ou de leur propre *lituanité*, au contour si flou et en perpétuel mouvement ?

À son tour, Kristina me questionne sur mes projets, les rencontres de ces derniers jours. « Je vous avoue que je suis intéressée et intriguée par le regard que vous portez sur mon pays. Et sur ce que vous allez en faire. »

Mon entretien avec Vytautas Landsbergis a piqué sa curiosité. Celui qui est considéré comme le « père de la Nation », qui a tenu tête au pouvoir soviétique en lançant le processus de restauration de l'indépendance en 1990, m'a accordé une petite heure d'entretien, chez lui, trois jours auparavant.

Il m'attendait, installé dans un canapé de style rococo, revêtu d'une longue robe de chambre bleue, entouré de tableaux, d'objets artistiques, de livres empilés. À quatre-vingt-onze ans, il a conservé toute sa vivacité et son franc-parler. Dernièrement, il a publié plusieurs tribunes dans la presse, où il s'en prenait à Poutine, qu'il appelle le « camarade Satan », exhortant les Lituaniens à prendre conscience de la menace d'agression russe, militant pour une mise en place de la conscription universelle.

La conversation a été faite d'incises, de saillies, de coq-à-l'âne, de bons mots, mêlant sérieux et anecdotique. Sans arrêt, Landsbergis rebondit d'un sujet à l'autre, revenant en arrière, insistant sur un mot, une expression. Cela l'amuse, comme les nombreux poèmes qu'il écrit, qu'il publie et que l'on peut lire sur son site Internet. Il brandit un ouvrage écrit en polonais sur Vilnius, au milieu du XIXe siècle. C'est son nouveau livre de chevet. Et le voilà parti dans l'évocation de la Lituanie et de son esprit national, celui des légendes et des chants populaires, de la résistance à l'Empire russe, de l'insurrection lituano-polonaise de 1863, « à l'époque, c'était une résistance culturelle et politique unique en Europe, animée par un certain romantisme ». Puis vient le moment de nostalgie, centré sur la gloire disparue du grand-duché de Lituanie et de l'espèce de Commonwealth formé avec le royaume de Pologne, sous le nom de République des Deux Nations. « Cette République, martèle-t-il, a adopté la toute première Constitution en Europe, le 3 mai 1791, influencée par l'esprit des Lumières, et ce, avant celle de la France révolutionnaire. »

À propos de la guerre en Ukraine, il explique : « Tout ce qui se passe est très logique. Depuis des siècles, la Russie nourrit une tradition d'expansion impérialiste. Cette guerre est avant tout une guerre contre l'Europe et ses valeurs. Et le danger pour elle est de se montrer trop lâche et de choisir la voie d'un accord, dans l'esprit de Munich en 1938. Une brigade allemande d'environ 4 000 hommes va s'installer en Lituanie d'ici à 2025 ou 2026, une première pour la Bundeswehr depuis la Seconde Guerre mondiale. » Il ajoute, en souriant, avant de ricaner : « Ce ne seront pas les forces de l'OTAN qui défendront notre pays, non. Ce sera plutôt la Lituanie qui défendra l'OTAN. »

Landsbergis évoque ensuite le retour au pays natal ces dernières années de dizaines de milliers de Lituaniens expatriés en Angleterre, en Allemagne ou en Norvège, revient sur ses dernières lectures, celles d'Ibsen, de Tomas Venclova, d'Andersen qu'il affectionne depuis toujours, pour « son humanité, son amour, son espoir », et de Rabindranath Tagore, qu'il me cite au moment de nous quitter, toujours en anglais : « *Enjoy the sweetness of all. Don't be unhappy!* »

Une dizaine de minutes auparavant, j'ai sorti de mon sac le CD qu'il a consacré à Mikalojus Konstantinas Čiurlionis, né en 1875 dans le district de Varėna, et dont l'œuvre fut censurée par les Russes, mort prématurément, à trente-cinq ans. Il m'a signé le livret de bonne grâce, ravi de l'intérêt porté par un Français mélomane pour son enregistrement réalisé il y a une trentaine d'années. Čiurlionis, voilà plus d'un demi-siècle qu'il l'interprète avec passion, le commente, l'édite même. « Je crois que je l'ai déjà dit ou écrit, mais je le répète : Čiurlionis reste le héraut le plus illustre de l'esprit national de la Lituanie. Toute son œuvre, musicale et picturale, reflète l'âme tremblante et inquiète propre à notre pays, et elle invite chacun d'entre nous à la connaître. Il voyait dans la musique une sorte de messager des dieux envoyé pour émouvoir nos cordes sensibles les plus tendres, pour apporter du réconfort à nos âmes accablées par le chagrin de la vie, selon ses mots. »

En rentrant à l'hôtel, j'ai réécouté l'enregistrement de notre conversation, et réécouté le CD de Čiurlionis, persuadé que les commentaires de Landsbergis allaient changer ma perception de ses pièces pour piano ou, du moins, mon jugement.

Le peintre-compositeur rêvait d'une union et même d'une communion entre toutes les formes d'art, et envisageait le monde comme une vaste symphonie dont les hommes seraient les notes. Verdict, après trente minutes d'audition : aucun des *Préludes*, aucune des *Variations* ne m'a séduit davantage. C'est tourmenté, maladroit, torpide, boiteux dans les passages plus apaisés ou enjoués. Je ne retiens que l'adaptation d'un air folklorique, *Oh, ma mère*, et un *Impromptu*, en *fa* dièse mineur. Où est « l'âme tremblante et inquiète propre à la Lituanie » ? Schubert et Debussy me manquent.

Retour sur la Saint-Sylvestre. Les feux d'artifice ont commencé à crépiter dès 23 heures sonnées, probablement des salves d'essai pour assurer les préliminaires et le bouquet final. Les Lituaniens étaient-ils donc si pressés d'en finir avec 2023 ? À minuit ce fut une suite de pétarades incessantes, de gerbes bigarrées venues des quatre coins de la ville, illuminant un ciel bleu d'encre, depuis la place de la cathédrale jusqu'à la porte de l'Aurore, et accompagnée par les carillons des églises proches. Tout dans l'*allegro* et le *vivace*. Sans clameur tonitruante de la foule amassée sur les principales artères. Sans tirs de mortiers, sans sirènes de police.

La neige m'a de nouveau surpris dans la matinée du mardi 2 janvier, par moins dix degrés, alors que je remonte l'avenue Gediminas avant d'obliquer sur la gauche pour emprunter la partie piétonne de la rue Vilniaus. Flocons légers, humides comme de la pluie, voltigeant, poussés par un vent capricieux et glacial, sous un ciel bas et sans couleurs. Au bout d'un terre-plein crépite un brasero autour duquel se réchauffent en silence trois ou quatre ouvriers du chantier voisin, à proximité d'un vaste bâtiment de briques laissé à l'abandon. Passé l'église Sainte-Catherine, après avoir jeté un coup d'œil sur la maison occupée par Brodsky lors de ses séjours dans la capitale, je m'abrite rue des Allemands, sous l'arche d'un passage aux murs vert amande débouchant sur une courette, non loin du musée des Illusions. De là, je contemple la riche palette des couleurs des hauts bâtiments alignés sur cette grande artère, agréable aux beaux jours. Toute une variété s'offrait au regard, depuis l'ocre brun jusqu'au gris souris, en passant par le bleu pastel, et, en direction de l'hôtel de ville, une succession de façades, certaines affublées de colonnes : du blanc cassé, du rose délavé, du vert pistache, du jaune paille.

C'est un peu plus loin que Leïb Kacew, le père de Romain Gary, avait son atelier-boutique de fourrures, tout comme son grand-père Fajwusz Dawid Kacew, à l'époque où cette rue aux commerces florissants s'appelait Niemiecka, c'est-à-dire « rue des Allemands » en polonais.

L'averse de neige va-t-elle se renforcer, gagner en intensité pour accumuler ses flocons sur le sol gelé ? Il n'en est rien. Juste un timide, un décevant prélude à un paysage d'hiver.

Deux jours plus tôt, je n'avais eu que l'embarras du choix pour terminer l'année. Soit le concert du Nouvel An donné par l'orchestre philharmonique, soit le récital d'une soprano accompagnée d'un violoniste (ce qui est un duo plutôt rare) à l'église déconsacrée Sainte-Catherine, ou bien de la musique de chambre au musée Gaon, sans oublier une représentation de *La Traviata* à l'Opéra, ou encore, dans l'église Saint-Casimir, des mélodies de Schubert, dont l'inévitable *Ave Maria,* et des chansons de Leonard Cohen interprétées par une soprano accompagnée d'un organiste. J'ajouterai : un programme des plus classiques, par l'ensemble orchestral NIKO, dirigé par un ami de Kristina, également compositeur.

Je revenais tout juste de Ponary, épuisé, vidé. Finalement, je me suis laissé tenter par le concert à Saint-Casimir, une des plus impressionnantes églises de Vilnius, dont les plans ont été calqués par les jésuites sur celle du Gesù à Rome. Je savais également que Dostoïevski s'y était recueilli, lors de sa fuite vers l'Allemagne, du temps où les Russes avaient converti le lieu à l'orthodoxie. Cela faisait deux bonnes raisons pour justifier mon choix, trois même si on ajoute le fait que l'église avait été transformée par les communistes en un musée de l'Athéisme. Qui plus est, Saint-Casimir peut être fière d'arborer le plus beau rose qui soit de Vilnius : un rose pâtissier qui colore chaudement la façade et les murs extérieurs.

L'église au baroque lumineux, où curieusement pas un vitrail n'apparaît, était bondée pour écouter la jeune soprano : pas un prie-Dieu ou une chaise libre. Odeurs de suif, de plâtre humide et de caramel chaud. Il est vrai, la chanteuse a un bien joli gosier, mais la voix et les vocalises ont souffert de la mauvaise réverbération des lieux, les sons rebondissant entre le sommet de la haute nef, les chapelles latérales, les superbes colonnes de marbre et de porphyre, et ont également souffert des interventions intempestives de l'orgue ronflant ou bavard qui ont gâché notre plaisir, du moins le mien. Mais le public vilnois est bon enfant. À en croire certains ayant discrètement repris en chœur le refrain du déchirant *Hallelujah* de Leonard Cohen. Les Lituaniens n'ont pas oublié qu'il est un peu un enfant du pays : la statue de bronze qui lui est dédiée se trouve rue Ligoninės, à deux pas de la synagogue chorale et de son impressionnant dôme bleu pastel, la seule qui ait survécu à l'Holocauste et aux liquidations du régime communiste.

Now I've heard there was a secret chord
That David played, and it pleased the Lord…

Salomé, Lady Fotingo, Flora, Gerli, Svetlana : je pense à celles que j'ai profondément aimées. Et douloureusement. C'est l'image de Gerli qui revient avec le plus de force, éclipsant celle des autres. Les heures et les nuits partagées, celles où son absence a été la plus cruelle.

Une fois de plus, un commencement perdu. J'en suis coutumier.

Une quinzaine de jours avant mon départ pour Vilnius, j'ai été invité en Estonie. Et Gerli était là, je veux dire, son souvenir. La femme qui fredonnait *Les deux petites colombes* avant de s'endormir. J'étais assailli par le flux des mots, des sensations disparues, des images, de leur mélange, de leur juxtaposition, qui donnait ce qu'on appelle le souvenir ou interprétation fabriquée du passé. Certaines, que je croyais perdues corps et biens, me sont revenues à la vitesse du galop.

C'était Brooklyn, Coney Island, les plages à perte de vue, les virées en Pontiac, la cérémonie du mariage orthodoxe de sa cousine avec mon frère, sa collection d'oiseaux rares. C'était aussi le refrain des corps, les seins jaillissants et le ventre fragile, le motel sur la route menant à Port Jefferson, cette main dans ma main, la bague vénitienne que je lui avais offerte, ses jurons lâchés en estonien ou de préférence en russe. Et son mot au moment de nos adieux, et comment l'oublier ? « N'entre pas trop vite dans les paysages. Il ne faut jamais les forcer. Sinon gare à toi. »

C'est en arpentant à nouveau les rues enneigées de Tallinn que le reflux du souvenir a été le plus violent. Il y a quatre ans, j'étais parti sans grand espoir sur les traces de Gerli, qui avait disparu de ma vie, volatilisée. Elle était née là, il y a trente-trois ans, puis s'était installée sur l'île de Hiiumaa, dans une petite maison de bois entourée de grands pins et de genévriers. Je voulais simplement voir ce qu'elle avait vu, respirer son air.

Mais ce n'étaient plus des ressassements de souvenirs, sinon des rêves de souvenirs.

De Tallinn, ville sans fleuve ni rivière, je m'étais rendu à Puise puis dans la station balnéaire d'Haapsalu, face à l'île de Hiiumaa, sur la côte ouest, distante d'une quinzaine de kilomètres. J'avais devant moi la parfaite illustration des paysages monochromes de la mer Baltique, avec ses estompes de gris, sous une lumière ouatée ; impression renforcée par la couche de neige qui s'étendait jusqu'au rivage brumeux pris par les glaces, formant un curieux paysage d'hiver, où la terre avait disparu, comme estompée, à l'image de Gerli. Voilà trois ans, c'était l'été lumineux, aujourd'hui c'est le règne absolu du blanc, du blizzard et d'un froid mordant. Un temps pour l'oubli. La traversée jusqu'à Hiiumaa était compromise.

J'avais trouvé refuge dans un hôtel de Haapsalu spécialisé dans les cures thermales, après une courte visite de l'ancien château épiscopal et de l'église, transformée en salle de concert. Au cours de la nuit, dans une chambre inconfortable et quasi monacale, j'ai rêvé non pas de Gerli mais de Svetlana, qui semblait avoir rajeuni, on aurait dit une adolescente. Ça m'a collé des sueurs froides. Elle me parlait de Tchaïkovski, son compositeur préféré depuis toujours. « Sais-tu qu'il avait séjourné ici, pendant l'été 1867, et que Haapsalu lui avait inspiré trois pièces pour piano solo, qu'il a rassemblées et appelées *Souvenir de Hapsal* ? » J'ai vérifié : c'était vrai. Svetlana avait ajouté dans un demi-soupir : « Ça dure une douzaine de minutes. Écoute attentivement, et tu comprendras… » Elle avait dit *Hapsal*, et j'entendais *Absalom*, comme dans la Bible : le nom du troisième fils du roi David, celui qui avait la beauté du diable.

J'ignore pour quelle raison, mais les images des couloirs sinistres, des cachots et des cellules de la prison désaffectée de Patarei, active de 1919 à 2005, visitée la veille, me sont revenues, troublant mon paysage mental. Notamment celle d'un mirador rouillé sous la neige. Forteresse transformée aujourd'hui en mémorial dédié aux victimes du communisme, ex-lieu de détention aux conditions particulièrement inhumaines, où les prisonniers, politiques ou de droit commun, étaient entassés, encaqués, lieu de torture et lieu d'exécution, où furent fusillés par les Allemands au printemps 1944 plus de 200 déportés français du Convoi 73, parti de Drancy.

Le guide, un grand gaillard botté et habillé en noir, m'a appris qu'il existait un projet de « transformation » de ce lieu de mémoire, ancienne forteresse posée sur la Baltique, en un vaste centre commercial.

Le lendemain matin, j'étais de retour à Tallinn. Le ciel de l'aube avait ce rose intense, élancé, charnel, que je n'ai jamais vu ailleurs. Une escapade pour rien, avec ce sentiment désagréable de n'avoir pas su mettre le point final à une histoire qui avait à peine commencé.

Une fois encore, je balançais entre deux femmes appartenant à un passé que je n'arrivais pas à digérer, deux pieuvres s'agitant au fond de moi, coincé que j'étais dans ma coquille ballottée de façon irrationnelle entre les souvenirs intimes et les contrées lointaines.

Combien étaient-ils ce 7 août 2019 ? Plusieurs dizaines de manifestants, une centaine ? Patriotes de tous âges et jeunes néonazis rassemblés au pied du monument dédié au souverain catholique Mindaugas, assassiné par son neveu païen en 1263, afin de protester contre la récente décision du maire de Vilnius de débaptiser une rue de la capitale et de retirer une plaque mémorielle (déjà vandalisée) honorant, depuis le retour à l'indépendance, deux collaborateurs zélés, considérés par les extrémistes comme des héros nationaux ayant combattu le bolchevisme : Jonas Noreika et Kazys Škirpa.

Le haut fonctionnaire Jonas Noreika (1910-1947) était un des leaders de l'éphémère mouvement fasciste Front des activistes lituaniens (LAF), surnommé le « général Tempête », auteur en 1933 du *Mein Kampf* balte, intitulé *Relevez la tête, Lituaniens !* L'officier et diplomate antisémite et antipolonais Kazys Škirpa (1895-1979), qui a toujours une rue honorant son nom depuis 1991, et une plaque commémorative à Kaunas, avait créé en 1940 à Berlin ce même LAF, dont les membres opéraient des rafles de Juifs et participaient activement aux exécutions. Leur cri de ralliement était « Bats-toi ! ».

Le colonel Škirpa avait tenté de créer un nouvel État lituanien indépendant en 1941 avec le soutien des nazis. Jamais inquiété, ni condamné, ni même jugé, Škirpa s'était exilé après la guerre en Irlande puis aux États-Unis, occupant un poste de simple employé à la Bibliothèque du Congrès à Washington, où il a tranquillement fini sa vie.

Son portrait ainsi que celui de Noreika étaient brandis par les manifestants du 7 août 2019, ainsi que des pancartes, où l'on pouvait lire, en lettres rouges et noires : « Arrêtez de salir la Lituanie », « Noreika est un héros », ou encore « Škirpa et Noreika ont créé la Lituanie, les collabos ont œuvré pour la Lituanie ».

Une autre affiche, ouvertement antisémite, accusait le LŽB, à savoir le Conseil représentatif des Juifs de Lituanie, d'être une « filiale du Kremlin ».

Desormais, la promenade Kazys Škirpa, qui longe la rive gauche de la douce Vilnia, s'appelle l'allée Tricolore (« Trispalvės »), en référence aux trois bandes horizontales du drapeau lituanien : jaune ambre, vert, rouge.

Entre mes deux voyages, la conversation avec Jaroslav s'est enrichie par e-mails, accompagnés de photos ou de liens Internet. Il éclairait mes interrogations, me faisait des suggestions, me proposait des pistes à explorer, avec des conseils de lecture. Complétés parfois de commentaires sur l'actualité balte ou les déclarations d'officiels russes. C'est avec enthousiasme qu'il m'avait parlé de son séjour au centre de l'isthme de Courlande, dans la station balnéaire de Nida, après y avoir visité la résidence d'été de Thomas Mann, aménagée en musée, où je compte bien me rendre un jour. Il y a aussi l'étrange colline des Sorcières et son parc peuplé d'une centaine de sculptures contemporaines en bois représentant le diable, des divinités païennes, des sorcières, des fées, dont l'une armée d'une hache, des sirènes, Neringa la géante, des corbeaux et des hiboux, un coq rebelle, des dragons, des pêcheurs et des braconniers, un violoniste, un accordéoniste... Tout un inventaire.

J'oubliais : la fête annuelle des fleurs, qui se déroule chaque été dans le vaste parc d'un manoir de Pakruojis, avec installations bigarrées, compositions végétales et sculptures florales multicolores, sous le regard de la sculpture géante d'une princesse grenouille obscène et à la moue perplexe. C'est dans cette bourgade que s'élève la plus ancienne synagogue en bois du pays, bâtie au début du XVIIe siècle.

Avec un tel guide, voyager par procuration a aussi du bon. Et les livres qu'il m'avait recommandés m'ont aiguillé sur des pistes que je n'aurais pas soupçonnées.

Jaroslav m'a également appris que le tournage à Vilnius du film inspiré de huit de ses nouvelles venait de s'achever. Les différents lieux de l'action : des usines désaffectées, les ruelles pavées de la vieille ville, des dortoirs, des cimetières, la prison de Lukiškės et des écoles.

Il est de même revenu sur ses séjours réguliers à Šiauliai, où vit sa belle-mère, pas très loin de la base aérienne de l'OTAN. C'est là qu'ont été déployés des chasseurs français, précisément quatre Mirage 2000-5, dans le cadre de la mission de surveillance internationale Baltic Air Policing. Également évoquée, Panevėžys, dans la partie nord, la cinquième ville de Lituanie par la population, située à mi-chemin entre Vilnius et Riga, où Jaroslav a assisté à la première de la pièce de théâtre basée sur son roman dystopique *Macha ou le IVᵉ Reich.*

À plusieurs reprises, Jaroslav m'a parlé de ses interminables trajets en bus, comme il le fait chaque mois, pour rendre visite à son père et à son frère, restés dans la partie occidentale de l'Ukraine, près de Lviv : deux jours de route pour un simple aller, en comptant les interminables heures d'attente au poste-frontière entre la Pologne et l'Ukraine. J'ai tenté, en vain, je crois, de le convaincre d'écrire un livre sur ce qu'il a vu, entendu, ressenti, au cours de ses périples, depuis bientôt deux ans.

La recommandation d'Agata Tuszyńska était des plus prometteuses et chaleureuses : « Va donc voir Loïc Salfati, qui vit depuis plus de vingt ans à Vilnius. C'est l'attaché culturel de l'ambassade de France. Non seulement il est sympathique, mais il peut te donner de bons conseils et t'ouvrir quelques portes. » Je suis en avance au rendez-vous, dans le quartier d'Užupis. La pluie, déjà battante, redouble, glaciale et imperturbable dans son rythme monotone. Pour ce qui est de la neige, j'attendrai.

En pressant le pas, je m'abrite à l'intérieur de l'église des Bernardins, sans doute celle que je préfère fréquenter, pour son atmosphère et son esprit baroque, sans ostentation, son odeur particulière. Sobre et dépouillée, une petite crèche minimaliste est perchée dans un angle à gauche de l'entrée, surplombant un enclos de bois où se prélassaient dans la paille fraîche trois moutons bien vivants, taquinés et caressés par les gamins, excités par ce cadeau venu du ciel et des pâturages. Odeurs de bouc, de crottes, de cire tiède, d'encens gris et de vieux missel.

Je suis attiré, ou plutôt absorbé, par la niche apparaissant entre les têtes des moutons, et abritant cet étrange visage de pierre, aplati, comme une grosse pièce de monnaie, aux yeux démesurés, encastré dans une croix de fer. La première impression que j'avais eue il y a six mois s'était transformée avec le temps. La fascination avait cédé la place à une espèce de joie intérieure, proche de la plénitude. Dans mon souvenir, cette tête mystérieuse et inquiétante était beaucoup moins grande, et le regard plus hostile ou malveillant. La mémoire et la fumée du passé transforment les perspectives, les volumes, les distances, et parfois oblitèrent les sensations : rien n'est fidèle. Comme on dit, le temps – cet éternel radoteur – a fait son œuvre.

Il y a là tout au plus une douzaine de fidèles, dont une femme habillée en noir, la tête inclinée, agenouillée à même le sol pendant de longues minutes, plus de rares touristes ou curieux, défilant, attentifs ou attendris, devant une série de petites crèches confectionnées par des amateurs ou des écoliers, et déposées en rang d'oignons devant le maître-autel. D'autres ont préféré se faire photographier devant le grand sapin décoré, placé au niveau de la croisée du transept.

Loïc Salfati m'a rapidement rejoint. Le lieu de la rencontre : un élégant café-pâtisserie repris récemment par sa femme. Il me parle longuement de son pays d'adoption et de Vilnius, qui n'a jamais cessé de le fasciner. Et de son documentaire, sur lequel il a travaillé pendant quatre ans, *Les Secrets de la Grande Synagogue de Vilnius*, présenté à l'automne dernier au YIVO de New York. Le film se veut le journal de la campagne de fouille et d'excavation de ce monument au cœur de la vie juive de la capitale depuis le XVIIe siècle, détruit par les nazis, puis complètement rasé par les Soviétiques au milieu des années 1950 pour y bâtir une école primaire. Le peu qui restait de la synagogue avait alors été enfoui et coulé dans le béton. À force de patience, d'abnégation, l'équipe internationale de spécialistes et d'archéologues est parvenue à sauver de l'oubli de précieuses pièces sacrées, telles qu'une partie de la chaire où est lue la Torah, la *Bimah*, située au centre de la synagogue, et des fragments de l'Arche sainte, l'*Aron Kodesh,* avec ses deux lions se faisant face et ses deux griffons sculptés, où sont conservés et protégés les rouleaux de la Torah.

Reste à savoir désormais ce que les autorités vont faire de ce lieu : l'aménager en mémorial ? En parc du souvenir, avec une stèle ? « Ces fouilles, et la mise au jour de pièces aujourd'hui exposées au musée Gaon, auront au moins permis de situer précisément l'emplacement de la Grande Synagogue, que tous les Vilnois avaient oublié. Lieu de prière, lieu de rencontre aussi, avec le *Shulhoyf,* ses nombreuses salles de prières, ses bains publics, ses échoppes de livres. Une vraie ville dans la ville, rue Žydų. »

Toujours avec le sourire, Salfati s'amuse à recenser les visiteurs français plus ou moins illustres, depuis Stendhal jusqu'à Jean-Philippe Toussaint, dont le grand-père était colonel dans l'armée lituanienne pendant l'entre-deux-guerres. En passant par Georges Simenon, qui a séjourné quelques jours à Vilnius en 1933, et en a tiré matière pour des nouvelles, et un roman, que je ne connaissais pas, *L'Outlaw*. Il me rappelle également que Chagall avait peint l'intérieur de la Grande Synagogue, en 1935.

Ses propos sur la culture et le monde juifs propres à la Lituanie font écho à ceux que m'avait tenus le directeur du musée Gaon, en poste depuis un an, Simonas Strelcovas, dans son bureau qui s'ouvre sur un superbe panorama de la ville. Je m'attendais à voir un fonctionnaire guindé ou un universitaire sinistre, et je tombe, après une ferme poignée de main, sur un quadragénaire affable et enjoué, avec des allures de créateur de start-up ou de chargé de communication, parlant par rafales, dans un anglais parfait et bien rodé. Il a deux chantiers en cours, dont il est le maître d'œuvre : la rénovation de la mythique bibliothèque Strashun, cœur et colonne vertébrale de la vie culturelle de l'ancien ghetto, et, en cours d'achèvement, une nouvelle annexe ambitieuse du musée lituanien de la Culture et de l'identité juives, inauguré en janvier 2024, rue Pylimo, près de la synagogue chorale, sur quatre niveaux.

Il s'en explique : « Le constat est unanime, il était devenu indispensable de dépoussiérer l'image que l'on donne de cette culture et de cette histoire, et ne pas la réduire à la tragédie de la Shoah et à quelques monuments ou plaques commémoratives, même si de grands progrès ont été faits. À l'automne dernier, nous avons ainsi réaménagé le mémorial de Ponary. Et là, il y a un vrai travail éducatif, empathique presque, à faire, notamment vis-à-vis des plus jeunes. La question essentielle est celle-ci : comment représenter l'histoire de l'Holocauste et de la culture juive en Lituanie, en un lieu qui soit à la fois convivial, à travers une scénographie moderne, avec toutes les possibilités offertes par les écrans, le numérique, et source d'érudition et de compréhension, tout en recréant notre jeune mémoire historique, occultée pendant des décennies, durant l'occupation soviétique ? »

Il poursuit : « Aujourd'hui, la communauté juive de Lituanie, c'est environ 5 000 à 6 000 personnes, une école à Vilnius, qui porte le nom de l'écrivain yiddish Sholem Aleikhem. Le nombre de visiteurs de nos différents musées, y compris celui de l'Holocauste, qu'on appelle la "Maison verte", est de l'ordre de 40 000 par an. Ce pourrait être plus, et même ça doit l'être. En ce sens, nous allons développer les partenariats avec d'autres musées, à Varsovie, Amsterdam, New York, et même Paris, je l'espère. »

Au cours de l'été 2001, un dramaturge polonais se rend à Vilnius et découvre au fond du grenier de l'ancienne maison de sa grand-mère disparue, dans le quartier d'Užupis, une boîte contenant douze longues lettres que lui avait adressées Marina Tsvetaeva. Une précieuse correspondance publiée l'année suivante et traduite en français, sous le titre *Lettres du grenier de Wilno*. Cette grand-mère s'appelait Natalia Alexandrovna Hajdukiewicz, née Giejewska, en 1890 en Silésie, à Częstochowa, célèbre pour son icône de la Vierge noire. Quelques années plus tard, la famille s'installe à Vilnius, où le père de Natalia, d'origine ukrainienne, est proviseur d'un lycée. Natalia étudie ensuite à Moscou, puis à Paris, tente sans succès une carrière de comédienne à Kiev, puis se marie en Lettonie. Convertie au catholicisme, enseignante de russe, de français et d'allemand, Natalia a rejoint les partisans de l'Armée de l'intérieur polonaise en qualité d'agent de liaison. Elle est arrêtée à Vilnius avec tous les membres de sa famille, interrogée par le NKVD fin 1944, puis emprisonnée pendant plusieurs mois. Dans le même temps, sa fille Helena âgée de vingt-deux ans, son fils Jurek et son mari Wladyslaw sont déportés en Sibérie. Après sa remise en liberté par anticipation dix ans plus tard, ce dernier la rejoint à Gdańsk où Natalia comptait vivre des jours meilleurs. Cette même année 1955, Ariadna, la fille de Tsvetaeva, est également libérée du Goulag, à la faveur de la déstalinisation.

C'est entre mars 1934 et août 1935 que Natalia a correspondu avec Tsvetaeva, mais les lettres qu'elle lui a envoyées ont été perdues ou brûlées. Natalia, admiratrice de son œuvre, avait un lien de parenté éloigné avec Marina, via un ancêtre russe, de la branche maternelle. Tsvetaeva vivait chichement aux portes de Paris, poursuivant un long exil entamé au printemps 1922 et qui prendra fin en 1939.

Dans ses lettres, écrites en russe, elle lui parle de son arbre généalogique, de son enfance à Moscou, de sa vie quotidienne, de ses problèmes financiers (elle lui demande même de l'argent pour acheter un réchaud), du dénuement auquel elle semble condamnée, de ses deux enfants ayant survécu (Ariadna et le petit « Murr »), de sa poésie. Elle commente un récit de jeunesse que lui a adressé Natalia, qu'elle appelle Natacha, l'interroge : « Pourquoi êtes-vous à Wilno ? Avez-vous des enfants ? Comment sont-ils ? » Plus loin, elle évoque Pouchkine, la Pologne dont sa mère était originaire, lui demande de lui envoyer des livres. Au fil des lettres, elle lui fait également des confidences, avouant : « Je suis complètement en dehors des événements », ou encore : « Il y a si longtemps que je n'ai aimé personne. » Tsvetaeva, sensible à la personnalité et à l'écoute attentive de Natalia, parle de sa mère, morte de la tuberculose près de trente ans auparavant, alors que Mariusa, la sœur cadette de Natalia, venait d'être terrassée par la même maladie.

Une amitié est née, malgré la distance. À plusieurs reprises, Tsvetaeva, qui rêve de rencontrer sa correspondante en chair et en os, lui propose de quitter la rue Poplawska et sa petite maison familiale d'Užupis entourée d'un jardin fleuri de lilas, de jasmin, et de la rejoindre en France. Elles avaient même envisagé de faire un séjour à deux sur la Côte d'Azur ou l'île d'Yeu. Ce voyage – pour quelle raison ? – ne se fera pas.

Les destins de l'une et de l'autre en auraient-ils été bouleversés ?

Dans sa dernière lettre retrouvée, écrite durant son séjour dans le Var, au Lavandou, à l'été 1935, Tsvetaeva, proche du désespoir, lui écrit sur un ton de confidence : « Quelque chose en moi s'est rompu : je bouscule les jours et suis *contente* lorsqu'ils s'achèvent. Peut-être parce que je n'ai absolument pas d'avenir. »

La question me taraude : existe-t-il d'autres courriers postérieurs à cette date, et qui n'ont pas été retrouvés ? Et l'autre, essentielle : les lettres de Natalia réapparaîtront-elles un jour ?

Le 31 août 1941, deux ans après son retour désastreux en Union soviétique, qui fut son long chemin de croix, Marina Tsvetaeva mettait fin à ses jours, dans une bourgade du Tatarstan, par pendaison. Engagé dans l'Armée rouge, « Murr » est tué sur le front letton en juillet 1944, il avait dix-neuf ans.

Natalia Alexandrovna Hajdukiewicz a quitté notre monde en 1978, sur les rives de la mer Baltique, à Gdańsk. Elle avait quatre-vingt-huit ans. Marina et Natalia ne s'étaient jamais rencontrées en chair et en os. Tout comme Tsvetaeva ne verra jamais Rilke, au soir de sa vie, et dont il nous reste également la correspondance passionnée comme seul témoignage.

Il y a encore quelques années de cela, je pouvais réciter par cœur certains poèmes de Tsvetaeva, ceux que m'avaient fait découvrir Svetlana, et même trois ou quatre vers en russe. Depuis, tout cela s'est perdu dans les méandres obscurs de la mémoire. Seul me reste ce bel et terrible aveu, écrit dans les années 1920 : « Je suis née *en marge* du temps ! »

Tous ont le même regard, perdu dans le lointain, égaré dans le passé, même quand ils sourient ou tentent de parler avec les yeux. Certains fixent l'objectif de façon insistante, comme par effraction ou par défi. D'autres ont été saisis dans des poses inattendues, artificielles. Plus rares, ces bouches à demi ouvertes et qui semblent nous dire : Attendez, j'ai un secret pour vous, mais j'ai tout oublié. La mémoire est toujours douloureuse, suppurante.

Il y a là un vieil homme fatigué, les bras posés sur les accoudoirs d'un fauteuil au pied duquel reposent deux peluches, dont un gros ours blanc ; un quinquagénaire ventripotent, près d'un téléviseur, troublé par l'irruption de son chat ; une dame aux cheveux très noirs, la tête prise dans ses mains, les paupières lourdes ; une autre qui a envie de pleurer ou qui vient d'essuyer ses larmes ; une autre encore, habillée d'un tailleur, coiffée d'un béret, arborant une étoile de David accrochée à un sautoir ; un ancêtre qui serre un bouquet de fleurs dans la main gauche, la main droite appuyée sur la poignée d'une canne ; une foule compacte rassemblée au pied des murailles du Neuvième Fort à Kaunas ; un gamin au regard effronté aux côtés de son grand-père : un poulbot balte.

Entre 1988 et 1997, Antanas Sutkus, le photographe lituanien de Sartre et Beauvoir, a pris toute une série de clichés en noir et blanc pour dresser une galerie de survivants des ghettos de Vilnius et de Kaunas. Elles ont été exposées en 2016 à Londres et à Paris, au Grand Palais, sous le titre *In Memoriam*.

En plan serré, il y a le visage bouleversant de Rachil Šliosberg, tant les traits sont fermés à toute expression, entre la noblesse des rides, les creux et les saillies de peau, comme si la lumière ne prenait pas, ne pouvait plus prendre ; elle était née en 1927 à Kaunas, probablement disparue aujourd'hui. La seule relique, c'est le corps vivant, noir sur blanc.

J'ai passé une soirée entière à feuilleter le catalogue de l'exposition, scrutant les visages, les mains, l'étoffe des vêtements, les motifs des cravates, les bijoux discrets, les marques du temps, les stigmates devinés. Certains rescapés avaient à peine un an lors des premières rafles meurtrières, *Aktionen* dans la terminologie nazie, et de l'intensification des massacres. Ils s'appelaient Liudmila Tarasenkova, Keilė Kaplan, Šapsai Cholem (rescapé de Dachau), Davis Sasover, Isaakas Demantas, orphelin à treize ans (1929-2020), Zelda Gurvič, Dovydas Glikas, Eta Černová (réchappée du camp de Stutthof), Polina Zingerienė, morte en 2022 à cent un ans… La mémoire ancrée au pays de nulle part. Et demain le glas sur la vie.

C'était plus fort que moi : en m'attardant sur les dégradés ou les camaïeux de gris, les noirs floutés, je ne voyais que des impressions de cendre.

Dernier jour, 7 heures du matin. La neige est tombée abondamment cette nuit. Enfin. Café en poudre et jus de baies rouges avalés, filets de harengs et pain de seigle ingurgités, et me voilà dans la rue, juste avant la levée du jour. Température extérieure : moins douze degrés.

Toits de tuiles, bulbes des églises, jardins d'enfants, parcs, statues et fontaines, ruelles grossièrement pavées, arbres nus, sapins enguirlandés : tout est maquillé de blanc, gelé. Ultime tour, sous une neige fine, frivole et dansante, pour revoir la rue Vilniaus, Sainte-Catherine, l'icône miraculeuse de la Vierge à la porte de l'Aurore, devant laquelle se recueillent quatre ou cinq dames pieuses et assoupies, emmitouflées, coiffées de gros bonnets de laine fuchsia ou parme, l'avenue Gediminas, le populaire marché des halles, qui sent déjà le pâté et l'oignon rouge mariné, l'église uniate, la patinoire à ciel ouvert installée dans la cour du palais des Grands-Ducs, le jardin des Bernardins, transfiguré par l'hiver.

J'ai repris mon chemin jusqu'aux berges blanchies de l'impassible Vilnia. Avant de me réfugier au chaud devant un grand café noir et une part de carrot cake. Le temps de souffler. Puis dernier passage dans les ruelles étroites de l'ancien ghetto. La plaque murale signalant son entrée principale a été apposée entre une pizzeria et un bar à vins, rue Rūdninkų, près d'un square. Derrière le bâtiment crépi d'ocre, un médaillon commémoratif rappelle le passage du poète yiddish Moïshe Kulbak, fusillé à Minsk par les hommes du NKVD, au moment des grandes purges staliniennes.

Qu'il est étrange, ce sentiment d'être attaché à un lieu comme à une personne, puis d'en être arraché.

Une image m'est revenue, brutalement. Celle du compartiment du train parti de Kaunas et me ramenant de Ponary à Vilnius, le matin de la Saint-Sylvestre. Je revois les porte-bagages décorés de branches de sapin, liées par des gros nœuds en velours rouge, garnies de petites boules cuivrées et de scintillantes guirlandes argentées.

Des enfants riaient et provoquaient leurs parents, les passagers, en sautillant sur les sièges et dans le couloir, d'autres, plus jeunes, regardaient par la fenêtre embuée, en silence. La houle de neige avait cessé.

Le poème de Venclova a résonné dans ma tête, avec sa fulminance : « Crois en l'hiver. Bois ce froid béni. »

Un jeune couple, déjà chauffé par l'alcool, a commencé à chanter de travers *Stille Nacht, heilige Nacht.* Entrée en gare. *Tyli naktis*... Dernière station. Dernier tango.

Je venais de comprendre que je quittais un pays où toute chose a la couleur éteinte des souvenirs. Une terre de batailles, d'églises et d'âmes errantes. Sous des ciels inouïs.

Et *Douce nuit*... dans la tête.

Épilogue

De négligente, l'habitude était devenue une sorte de rite, immuable, rassurant. En rentrant à la maison, je dépose la valise pleine dans le salon de l'appartement, grande ouverte, à même le parquet, sans y toucher pendant cinq ou six jours. Tant pis pour les odeurs. C'est pour moi une façon de poursuivre sous une autre forme le voyage ou de me préparer à un nouveau départ, aussi imminent qu'improbable. Chaque retour de voyage demande une longue infusion avant le passage à l'écriture. Comme pour les souvenirs ou les regrets, il faut laisser reposer ou bien infuser.

La chatte blanche et capricieuse s'en amuse, qui furète parmi les pantalons, les livres, les écharpes, les chaussettes et les T-shirts, renifle un pot de miel, se blottit contre un pull en cachemire, de préférence la nuit, avec parfois des miaulements d'amour.

Hier, Lili, onze ans et fourrure angora, trop heureuse de l'aubaine, en avait profité pour éjecter deux ou trois CD de la valise, dont celui consacré aux plus célèbres chants yiddish de résistance du ghetto de Vilnius et des forêts environnantes, dans une version modernisée pour voix de femme et piano : *Partisans of Vilna.* J'y tiens, notamment pour l'hymne au combat, *Yisrolik,* et pour *La Fille de la forêt*, sur des paroles d'Avrom Sutzkever.

Ce n'est pas fini : la minette, curieusement très sensible à la langue russe, et que Svetlana s'évertuait à appeler Kochka, avait jeté son dévolu sur un petit carnet de notes qu'elle a sorti de la valise pour mieux le dépouiller. Une page s'en était détachée, à moitié mâchouillée et brunie, où apparaissaient ces mots en lettres majuscules, encadrées de guillemets : « LE TEMPS EST L'UNE DES FORMES DE LA REPRÉSENTATION HUMAINE. »

Je n'avais aucune idée d'où avait été extraite ladite phrase, et si même j'en étais l'auteur. Tout s'oublie.

Une chose est certaine : ce n'était pas mon écriture.

Vilnius, Kaunas, Paris,
juin et décembre 2023-janvier 2024.

Remerciements

Pour leur soutien, leur confiance ou leur accompagnement, je tiens à exprimer toute ma gratitude aux personnes suivantes : l'ambassadeur de Lituanie à Paris, Nerijus Aleksiejūnas, Vytautas Bikulčius, Dovilė Butnoriūtė, Manuel Carcassonne, Lise Chasteloux (pour ses précieux encouragements), Paloma Grossi, Jaroslav Melnik et Danguolė Melnikienė, Gilles Rozier, Kristina Sabaliauskaitė, Loïc Salfati, Lina Šlipavičiūtė, Justina Smalkytė, Simonas Strelcovas, Agata Tuszyńska, Anne Vuksanovic.

Ouvrages consultés

- Laimonas Briedis, *Vilnius: City of Strangers*, Baltos lankos, 2021.
- Joseph Brodsky, *Poèmes (1961-1987)*, traduction collective du russe, Gallimard, 1987.
- Joseph Brodsky, *Vertumne et autres poèmes*, traduit du russe par Hélène Henry, André Markowicz et Véronique Schiltz, Gallimard, 1993.
- Joseph Bulov, *Yossik : une enfance dans le quartier du Vieux-Marché de Vilna, (Lituanie, 1904-1920)*, traduit du yiddish par Batia Baum, Phébus, 1996.
- Israel Cohen, *Vilna*, Jewish Publication Society of America, 1943.
- Ričardas Gavelis, *Vilnius Poker*, traduit du lituanien par Margarita Le Borgne, Monsieur Toussaint Louverture, 2015.
- Algirdas Julien Greimas, *Des dieux et des hommes : étude de mythologie lithuanienne*, PUF, 1985.
- Shoshana Kalisch et Barbara Meister, *Yes, We Sang! Songs of the Ghettos and Concentration Camps*, Harper & Row, 1985.

– Abraham Karpinowitz, *Vilna My Vilna*, traduit du yiddish par Helen Mintz, Syracuse University Press, 2015.
– Andreï Kourkov, *Vilnius, Paris, Londres,* traduit du russe (Ukraine) par Paul Lequesne, Liana Levi, « Piccolo », 2020.
– Moïshe Kulbak, *Vilnius*, traduit du yiddish par Anne Rabinovitch, Žara, 2023.
– Vytautas Landsbergis, *Un peuple sort de prison*, traduit du lituanien par Ugnė Karvelis, Baltijos kopija, 2007.
– Marcelijus Martinaitis, *The Ballads of Kukutis,* traduit du lituanien par Laima Vincė, Arc Publications, 2011.
– Jaroslav Melnik, *L'Oiseau qui buvait du lait*, traduit du russe (Ukraine) par Michèle Kahn, Actes Sud, 2023.
– Icchokas Meras, *La partie n'est jamais nulle*, traduit du russe par Dmitri Seseman, Stock, « La Bibliothèque cosmopolite », 1979.
– Czesław Miłosz, *Selected and Last Poems (1931-2004),* traduit du polonais par Anthony Milosz, Penguin Classics, 2014.
– Czesław Miłosz *Sur les bords de l'Issa,* traduit du polonais par Jeanne Hersch, Gallimard, « L'Imaginaire », 1985.
– Henri Minczeles, *Vilna, Wilno, Vilnius : la Jérusalem de Lituanie,* La Découverte, 2000.
– Macha Rolnikaitė, *Le Journal de Macha : de Vilnius à Stutthof (1941-1945),* traduit de l'allemand par Nicole Casanova, Liana Levi, 2003.
– Yitskhok Rudashevski, *Entre les murs du ghetto de Wilno (1941-1943)*, traduit du yiddish par Batia Baum, L'Antilopoche, 2021.

– Kristina Sabaliauskaitė, *Vilnius Wilno Vilna*, traduit du lituanien par Romas Kinka, Baltos lankos, 2023.
– Kazimierz Sakowicz, *Journal de Ponary (1941-1943)*, traduit du polonais par Alexandra Laignel-Lavastine, Grasset, 2021.
– *Siberia: Mass Deportations from Lithuania to the USSR*, ouvrage collectif, Genocide and Resistance Research Centre of Lithuania, 2022.
– Timothy Snyder, *Terres de sang : l'Europe entre Hitler et Staline*, traduit de l'anglais (États-Unis) par Pierre-Emmanuel Dauzat, Gallimard, 2022.
– Antanas Sutkus, *In Memoriam*, White Space Gallery, 2016.
– Avrom Sutzkever, *From the Vilna Ghetto to Nuremberg: Memoir and Testimony*, traduit du yiddish par Justin D. Cammy, McGill-Queen's University Press, 2021.
– Avrom Sutzkever, *Le Ghetto de Wilno (1941-1944)*, traduit du yiddish par Gilles Rozier, Tallandier, « Texto », 2014.
– Avrom Sutzkever, *Où gîtent les étoiles*, traduction collective du yiddish, Le Seuil, 1988.
– Marina Tsvetaeva, *Lettres du grenier de Wilno*, traduit du russe par Eveline Amoursky, Éditions des Syrtes, 2004.
– Agata Tuszyńska, *Le Jongleur*, traduit du polonais par Isabelle Jannès-Kalinowski, Stock, « La Cosmopolite », 2023.
– *The Unknown War: Armed Anti-Soviet Resistance in Lithuania in 1944-1953*, ouvrage collectif, Genocide and Resistance Research Centre of Lithuania, 2019.

– Tomas Venclova, *Nord magnétique : conversations avec Ellen Hinsey*, traduit de l'anglais par Eva Antonnikov, Noir sur Blanc, 2023.
– Tomas Venclova, *Vilnius : une ville en Europe,* traduit du lituanien par André Cabaret, Circé, 2016.
– Tomas Venclova, *Winter Dialogue,* traduit du lituanien par Diana Senechal, Northwestern University Press, 1997.
– *Moï Ver,* catalogue sous la direction de Julie Jones et Karolina Ziebinska-Lewandowska. Éditions du Centre Pompidou, 2023.
– *Vilnius: Traces of the Jerusalem of Lithuania*, ouvrage collectif traduit du russe, Pavilniai, 2021.
– Marielle Vitureau, *Les Lituaniens*, Ateliers Henry Dougier, 2015.

Table

Cet ouvrage a été composé
par PCA
et achevé d'imprimer sur Roto-Page
par l'Imprimerie Floch à Mayenne
pour le compte des Éditions Stock
21, rue du Montparnasse, 75006 Paris
en août 2024

PAPIER CERTIFIÉ

Stock s'engage pour l'environnement en réduisant l'empreinte carbone de ses livres.
Celle de cet exemplaire est de :
500 g éq. CO_2
Rendez-vous sur
www.editions-stock-durable.fr

Imprimé en France

Dépôt légal : septembre 2024
N° d'édition : 01 – N° d'impression : 105339
48-51-4037/0